꼭!

# 新韓檢 初級閱讀

## 必學16大題型

### TOPIK 1 필수 유형 16

世宗韓語文化苑TOPIK研究會
崔峼穎、高俊江、朴權熙、柳多靜　合著

# 作者序

대만 내 한국어 학습자 수가 증가하면서 한국어능력시험 응시생 수도 매년 큰 폭으로 늘어나고 있습니다. 이러한 추세에 발맞춰 2017년부터 대만에서도 한국어능력시험이 한 해에 두 차례 열리게 되었다는 점은 무척 반가운 소식입니다. 그러나 한편으로는 한국어 교사로서 더욱 책임있는 연구와 준비가 있어야 함을 느끼게 됩니다. 그래서 세종한국어문화원에서는 무엇보다 먼저 토픽연구회를 조직하여 관련 교학 및 교재 연구에 착수했고, 저희 연구팀은 이 과정에서 이루어진 현장 경험과 연구 내용을 더 많은 학습자들과 함께 나눌 수 있어야 한다는 인식으로 본 시리즈 출간을 계획하게 되었습니다.

본 토픽 시리즈 집필 작업은 연구회의 연구 내용에 맞춰 어휘, 문법, 읽기 등 3개 영역을 나누어 기획하고 진행되었습니다. 영역별로 어휘 부분은 1,500여 개를 선별해 예문을 함께 두어『토픽I 필수 어휘 1500』을 출간했으며, 그 다음 문법 부분에서는 초급 수준에서 꼭 알아야 할 94개 문법을 정리해『토픽I 필수 문법』을 출간했습니다. 토픽I 시리즈의 마지막인 읽기 부분에서는 총 16개의 출제 방향을 정리, 구성해 본『토픽I 필수 유형 16』을 내게 되었습니다.

『토픽I 필수 유형16』은 전체 16개의 출제 방향과 이와 관련한 각각의 문장들을 분류해 총 4 Step 으로 학습할 수 있도록 구성했습니다. 우선 Step 1은 워밍업 부분으로서, 읽기 경험이 적은 초급 학습자들이 문제 풀이에 앞서 문장 독해 실력을 쌓는 데 도움이 될 수 있도록 출제 유형에 맞춘 문장에 알아야 할 단어와 문법들을 함께 실었습니다. 그 다음 Step 2에서는 출제 방향에 대한 이해를 위해 유형 분석을 해 두었고, Step 3에서 유형 이해를 토대로 워밍업에서 다룬 읽기 문장을 연습 문제 형식으로 풀어본 후, Step 4에서 실전 문제 풀기로 마무리할 수 있도록 했습니다. 이렇 총 16개 출제 유형을 【읽기 워밍업】→【문제 유형 분석】→【연습】→【실전 문제】등 모두 네 순서로 나누어 단계적으로 학습할 수 있도록 구성했습니다.

은 다년 간의 연구. 토론과 현장 경험을 반영하고자 노력한, 토픽I 시리즈 중 마지막에 과물입니다. 토픽에 관련한 적지 않은 연구와 고민이 있었으나 여전히 부족한 점이 많으리라 는 지속적인 연구를 통해 보완해 가야 할 것입니다. 부족하나마 이 책이 한국어

학습자들에게 시험을 준비하며 기초를 닦는 데 도움을 될 수 있기를 간절히 바랍니다.

　끝으로 이 책이 나오기까지 관심을 기울여 주신 이은정（李垠政）원장님께 감사를 드리며, 처음부터 끝까지 꼼꼼하게 정리를 도와 주신 반치정（潘治婷）님, 그리고 격려와 기대로써 지지를 아끼지 않으신 王愿琦 사장님께 감사의 마음을 전합니다.

2017.11.30

저자 일동

# 作者序

在臺灣，隨著韓語學習者的增加，每年參加韓國語文能力測驗的人數亦大幅成長。為了因應這樣的趨勢，從2017年開始，臺灣也每年舉辦二次韓國語文能力測驗，這真的是非常值得高興的事。但另一方面，身為韓語教師，也體會到應該對研究與教學更具負責任的態度。因此在世宗韓國語文化苑內，首先成立了TOPIK研究會，著手研究相關教學內容與製作教材，並認為應該將此過程中所累積的實際經驗與研究內容，與更多的韓語學習者一起分享。基於這樣的共識，有了出版本系列書籍之計畫。

本系列書籍根據研究會的研究內容，分成「詞彙」、「文法」、「閱讀」等三個類別籌畫進行。三個類別當中，在「詞彙」部分篩選出1500多個單字，同時佐以例句說明，而有了《新韓檢初級必備單字1500》一書；「文法」部分整理出從初級階段就必須要了解的94條文法，同時佐以例句說明，而有了《新韓檢初級必備文法》一書；至於「閱讀」部分則分類成16個出題方向加以編寫，也就是您目前正在閱讀的這本《新韓檢初級閱讀必學16大題型》。

這本《新韓檢初級必學16大題型》，乃是針對閱讀考科，依照16個題型及與此相關的文章架構來設計。首先，考慮到接觸文章機會較少的初級學習者，希望大家在練習解題之前能夠先增進文章理解能力，所以每個題型的一開頭，都整理了符合出題方向的各類文章，以及文法與詞彙，這就是「STEP1 暖身」。再來，進一步整理題型，加以分析，好讓學習者能夠更詳細地掌握出題方向與解題方法，這就是「STEP2 題型解析」。接著，以了解題型為基礎，在「STEP3 練習」用暖身部分的文章做成出題形式讓學習者練習解題，最後以「STEP4 實戰」的題目收尾。如此，本書的16個題型就是採取「暖身」→「題型解析」→「練習」→「實戰」等共4個階段訓練的方式編寫而成。

本系列書是經過多年的研究、討論與實際教學經驗，所呈現出的韓檢初級必備能力的最後成果。雖然經過不少的研究及不斷的檢討，但想必仍有不足之處，今後也將會持續研究並加以改善。即使尚有不足之處，仍懇切地希望對韓語學習者在準備考試與建立基礎上能有幫助。

　　最後，感謝直到本書出版前一直給予關心的李垠政院長，還有將本書內容從頭到尾細心整理的潘治婷小姐，以及從一開始到最後不吝以勉勵與期待表達支持的王愿琦社長，在此亦表達感謝之意。

2017年11月20日

作者群

# 如何使用本書

《新韓檢初級閱讀必學16大題型》由任教新韓檢課程多年、最了解新韓檢出題形式、最知道華語學習者該如何準備新韓檢的崔峼頵、高俊江、朴權熙、柳多靜4大名師合著。

　　新韓檢「初級閱讀」考試共有16大題型，大致可分為「短文題型」及「長文題型」。短文題型為1題1問，長文題型則是1題2問。本書作者針對這16大題型做了完全剖析＋詳盡解析。使用方法如下：

## PART 1：16大題型完全解析

　　新韓檢閱讀考科16大題型，可依以下4個步驟循序漸進，一一拆解練習，厚植實力。

### Step 1：暖身

　　讓學習者訓練時先不依賴單字及中文解析，在解題之前，就讀必考句子或文章。透過這個暖身步驟，一邊檢核自己的閱讀實力，同時也培養閱讀能力。

**題型介紹**

講解每個題型的出題形式。

**單字**

整理句子或文章中出現的重點單字。

**文法與句型**

彙整句子或文章中出現的重點文法。

---

TYPE **1** 〈STEP 1〉읽기 워밍업
暖身

**題型介紹**
- 此題型每一題以2個句子組成，每題2分，共3題。
- 為「選擇與文章相關的主題名詞」的題目。

・단어와 중국어 해석을 보지 말고 아래의 글을 해석해 보세요.
請試著不看單字與中文解析來分析下列文章。

**中文解釋**

1.

아침 식사는 여섯 시에 시작됩니다. 점심 식사는 열두 시입니다.

**單字**
아침 早上；早餐 | 점심 中午；午餐 | 식사 餐 | 시작되다 開始

**文法與句型**
N-에【副詞格助詞】表發生某狀況的時間。

早餐在六點開始。
午餐是十二點開始。

2.

그저께는 화요일이었습니다. 오늘은 목요일입니다.

**單字**
그저께 前天 | 오늘 今天 | 화요일 星期二 | 목요일 星期四

**文法與句型**
N-은 / 는【補助詞】表話題、強調、區別。

前天是星期二。
今天是星期四。

3.

추석은 음력 팔월 십오 일입니다. 양력 팔월 십오 일이 아닙니다.

**單字**
추석 中秋節 | 음력 農曆 | 양력 國曆

**文法與句型**
N-은 / 는【補助詞】表話題、強調、區別。
N-이 / 가 아니다【句型】意思為「不是N」。

中秋節是農曆八月十五日。
不是國曆八月十五日。

~ 18 ~

## Step 2：題型解析

　　利用實際擬真考題認識題型，並藉由作者的解析，培養一眼就能看出題目核心的能力。

**解題技巧**

點出面對每個題型之前要知道的解題相關訊息、背景、知識以及策略。

**擬真考題**

符合實際考題的擬真考題。

**Key Point！**

點出解答各個題目時要掌握的單字、句子及文章脈絡等訊息。

**選項解析**

釐清符合題目脈絡的選項。

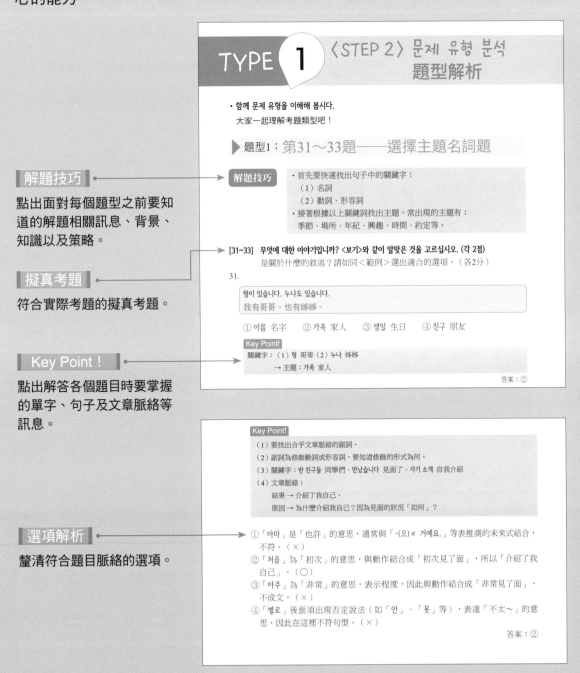

## Step 3：練習

　　確實理解「Step2：解析」每個題型的解題方法後，接著再進入「Step3：練習」。「Step3：練習」的題目，和「Step1：暖身」的內容相同，但是多了考題，在此可以確認解題能力。

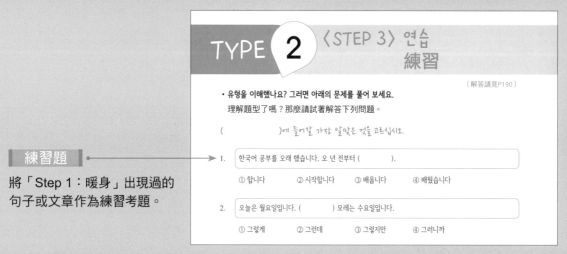

**練習題**

將「Step 1：暖身」出現過的句子或文章作為練習考題。

## Step 4：實戰

　　有別於「Step 3：練習」，這裡提供作者精心撰寫之模擬題目作為實戰練習，讓您身經百戰，應考不慌張。

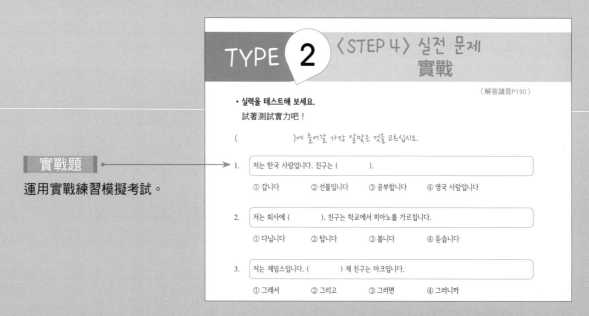

**實戰題**

運用實戰練習模擬考試。

# PART 2：解答&補充

　　彙整PART1中每一個題型的「Step3：練習」及「Step4：實戰」的「解答」與「補充」。

## （一）解答

　　PART 1中「Step 3：練習」及「Step 4：實戰」所有題目的解答皆整理在此。

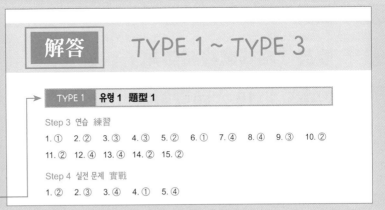

解答

統一整理出16大題型中「Step 3：練習」及「Step 4：實戰」正解選項。

## （二）補充

　　PART 1中「Step 3：練習」及「Step 4：實戰」所有題目的補充皆整理在此。

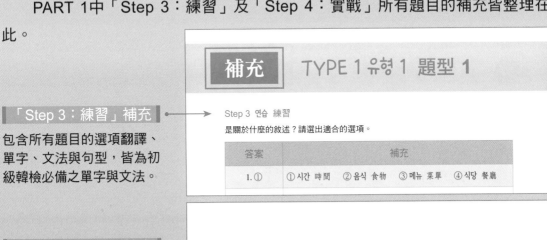

**「Step 3：練習」補充**

包含所有題目的選項翻譯、單字、文法與句型，皆為初級韓檢必備之單字與文法。

**「Step 4：實戰」補充**

包含所有題目的全文翻譯、選項翻譯、單字、文法與句型，可加強、補充初級韓檢需具備的單字及文法。

# 目次

# 關於 TOPIK

目　　的：為母語非韓國語之韓語學習者、韓國僑民、外國人提供學習方向；並期望達到普及韓語之效。

測試和評量韓國語使用能力，並以此為留學韓國或就業的依據。

主辦單位：韓國國立國際教育院、駐台北韓國代表部

考試日期：每年4月、10月（公告於官網）

考試內容：舊制與新制比較

| 新舊制 | 舊制TOPIK | 新制TOPIK（第35回以後） | |
|---|---|---|---|
| 考試等級 | TOPIK 初級（1～2級）<br>TOPIK 中級（3～4級）<br>TOPIK 高級（5～6級） | TOPIK I（1～2級）<br>TOPIK II（3～6級） | |
| 考試類型 | 詞彙與文法、寫作、聽力、閱讀<br>（初、中、高級皆同） | TOPIK I<br>聽力（40分鐘）<br>閱讀（60分鐘） | TOPIK II<br>聽力（60分鐘）<br>寫作（50分鐘）<br>閱讀（70分鐘） |
| 總題數 | 104～106題<br>（初、中、高級皆同） | 70題 | 104題 |
| 總分&<br>考試時間 | 400分（每級數各180分鐘）<br>（初、中、高級皆同） | 200分（100分鐘） | 300分（180分鐘） |
| 等級判定 | 全領域的平均分數須達到<br>各級數之及格分數 | 依總分數判定級數 | |

## 級數別合格分數

| | TOPIK I | | TOPIK II | | | |
|---|---|---|---|---|---|---|
| | 1級 | 2級 | 3級 | 4級 | 5級 | 6級 |
| 等級決定 | 80分以上 | 140分以上 | 120分以上 | 150分以上 | 190分以上 | 230分以上 |

## 出題基本方針

- 足以測驗考生現代韓語運用能力之試題內容。
- 切合各領域（聽力、閱讀、寫作）特性之評分目標與評分內容。
- 在各領域及內容上均衡選題。
- 促進考生理解韓國傳統與現代之社會、文化。

・廣泛參考韓國國 外韓語教育機構之韓語課程。

・避免偏重或不利於特定語言圈考生之試題。

・避免與過去試題重覆之內容。

＊以上內容請參考官網：https://www.topik.com.tw


## TOPIK I 聽力&閱讀題目難易度與評分

| 題型難易度 | | 聽力 | | 閱讀 | |
|---|---|---|---|---|---|
| | | 題數 | 評分 | 題數 | 評分 |
| 2級 | 上 | 4 | 50 | 3 | 50 |
| | 中 | 8 | | 6 | |
| | 下 | 8 | | 6 | |
| 1級 | 上 | 8 | 50 | 6 | 50 |
| | 中 | 8 | | 6 | |
| | 下 | 4 | | 3 | |


## 關於初級閱讀題

　　新韓檢已從當初每領域要達到平均分數以上才能合格，大改為總分數制，所以只要每領域合算總分達到80分以上就可以拿到1級；得到140分以上就可以拿到2級。加上取消作文題，因此新制跟舊制相比，整體上確實讓考生減少了不少負擔及壓力，只要集中火力加強聽力跟閱讀即可。

　　至於TOPIK I的閱讀題，是從第31題到第70題，共有40題，題目類型可分成16個。其題型1到5採取一題一答的形式，從題型6開始則採取一題兩答的形式。而題型12則開始出現內容比較長的文章，需有快速解讀的能力。

　　就閱讀題的內容而言，測驗目的在於考生是否具備獲取文字資訊的能力，因而其題目所選的題材、詞彙及文法都採書寫形式，跟聽力的口語導向內容有所不同。所以在準備閱讀題目時，除了要了解書寫式詞彙及文法外，還要累積閱讀各類文章的經驗。建議考生準備閱讀時，最好多讀如書信、公告、介紹、說明文及感想文等跟生活相關的各類文章來熟悉基礎詞彙及文法，並配合反覆進行題型練習，就可以有效率地因應各閱讀題，獲得滿意的分數。

# 關於「格式體終結語尾」

韓國人在演講、發表、會議、新聞報導等公開的、正式的以及工作的場合中，會使用正式的文體，表現在句子的結尾，以表達端正、鄭重的文意，這文法叫做「格式體終結語尾」（격식체 종결어미）。而在TOPIK初級考試的閱讀測驗中，大部分也使用此種表現，因此為了順利面對閱讀題目，此文法非熟悉不可。正式進入閱讀練習之前，我們學習一下格式體的運用方法。

韓語的文章終結法大致有4種類型：

第一為「陳述型」，是表達敘述的，為直接陳述的句型；

第二為「疑問型」，是表達問題的，為提出疑問的句型；

第三為「共動型」，是表達說話者向聽話者提議一起做某行為；

第四為「命令型」，是表達說話者向聽話者指示做某行為。

格式體的各文章類型的使用法如下：

| | 陳述型 | 疑問型 | 共動型 | 命令型 |
|---|---|---|---|---|
| 動詞、形容詞<br>語幹**有尾音** | **-습니다.**<br>읽다 → 읽습니다.<br>좋다 → 좋습니다. | **-습니까?**<br>읽다 → 읽습니까?<br>좋다 → 좋습니까? | **-읍시다.**<br>읽다 → 읽읍시다. | **-으십시오.**<br>읽다 → 읽으십시오. |
| 動詞、形容詞<br>語幹**沒尾音** | **-ㅂ니다.**<br>가다 → 갑니다.<br>크다 → 큽니다. | **-ㅂ니까?**<br>가다 → 갑니까?<br>크다 → 큽니까? | **-ㅂ시다.**<br>가다 → 갑시다. | **-십시오.**<br>가다 → 가십시오. |

1. 陳述句：나는 한국어를 공부합니다.　　　　　我學韓語。

　　　　　　날씨가 좋습니다.　　　　　　　　　天氣很好。

2. 疑問句：언제 한국어를 공부합니까?　　　　　什麼時候學韓語？

　　　　　　날씨가 좋습니까?　　　　　　　　　天氣很好嗎？

3. 共動句：우리 같이 한국어를 공부합시다.　　　我們一起學韓語吧。

4. 命令句：빨리 한국어를 공부하십시오.　　　　請趕快學韓語。

▶ 表達過去的行為與狀態為「-았 / 었습니다.」和「-았 / 었습니까?」

나는 오늘 학교에 갔습니다.　　　我今天去了學校。

어제 어디에 갔습니까?　　昨天去了哪裡？

▶ 表達未來（意圖；推測）時要使用「-겠습니다」，或「-(으)ㄹ 것입니다.」和「-(으)ㄹ 것입니까?」。但在口語上比較常使用省略型，如「-(으)ㄹ 겁니다.」和「-(으)ㄹ 겁니까?」

내일은 눈이 오겠습니다.　明天會下雨。

저는 비빔밥을 먹겠습니다. 我要吃拌飯。

저는 한국에 갈 것입니다. = 저는 한국에 갈 겁니다.　我要去韓國。

내일 뭐 할 것입니까? = 내일 뭐 할 겁니까?　　明天要做什麼？

# PART 1

# 16 大題型解析

# MEMO

# TYPE 1

## 選擇主題名詞題

**題型介紹**

- 此題型每一題以2個句子組成，每題2分，共3題。
- 為「選擇與文章相關的主題名詞」的題目。

- 단어와 중국어 해석을 보지 말고 아래의 글을 해석해 보세요.

請試著不看單字與中文解析來分析下列文章。

**中文解釋**

### 1.

> 아침 식사는 여섯 시에 시작됩니다. 점심 식사는 열두 시입니다.

早餐在六點開始。

午餐是十二點開始。

**單字**

아침 早上；早餐 | 점심 中午；午餐 | 식사 餐 | 시작되다 開始

**文法與句型**

N-에【副詞格助詞】表發生某狀況的時間。

### 2.

> 그저께는 화요일이었습니다. 오늘은 목요일입니다.

前天是星期二。

今天是星期四。

**單字**

그저께 前天 | 오늘 今天 | 화요일 星期二 | 목요일 星期四

**文法與句型**

N-은 / 는【補助詞】表話題、強調、區別。

### 3.

> 추석은 음력 팔월 십오 일입니다. 양력 팔월 십오 일이 아닙니다.

中秋節是農曆八月十五日。

不是國曆八月十五日。

**單字**

추석 中秋節 | 음력 農曆 | 양력 國曆

**文法與句型**

N-은 / 는【補助詞】表話題、強調、區別。
N-이 / 가 아니다【句型】意思為「不是N」。

4.

내일 친구하고 만날 겁니다. 같이 저녁을 먹을 겁니다.

**單字**

내일 明天 | 만나다 見面 | 같이 一起 | 저녁 晚上；晚餐

**文法與句型**

N-하고【副詞格助詞】表一起做某行為的對象。意思為「和N一起做」。
V-(으)ㄹ 것이다【句型】表計畫。意思為「將會V」。

明天要和朋友見面。

會一起吃晚餐。

5.

저는 형이 있습니다. 형은 저보다 두 살 많습니다.

**單字**

형 哥哥 | 살 歲 | 많다 多；大

**文法與句型**

N-보다【副詞格助詞】表比較對象。意思為「與N相比；比起N」。

我有哥哥。

哥哥大我兩歲。

6.

주말에 옷을 샀습니다. 가방도 샀습니다.

**單字**

주말 週末 | 옷 衣服 | 사다 買 | 가방 包包

**文法與句型**

N-에【副詞格助詞】表發生某狀況的時間。意思為「N時」。
N-도【補助詞】表包含。意思為「N也～」。

週末時買了衣服。

也買了包包。

7.

친구와 식당에 갔습니다. 함께 불고기를 먹었습니다.

**單字**

친구 朋友 | 식당 餐廳 | 가다 去 | 함께 一起 | 불고기 烤肉 | 먹다 吃

**文法與句型**

N（場所名詞）-에 가다【句型】意思為「到N去」。
N-와／과【副詞格助詞】表一起做某行為的對象。意思為「和N一起做」。

和朋友去了餐廳。

一起吃了烤肉。

**8.**

> 오전에는 흐리겠습니다. 오후에는 맑겠습니다.

**單字**

오전 上午 | 흐리다 陰天 | 오후 下午 | 맑다 晴朗

**文法與句型**

N-에【副詞格助詞】表示發生某行為或狀況的時間。意思為「N的時候」。
V / A-겠다【語尾】表推測。意思為「會V / A」。

上午將會是陰天。

下午將會放晴。

**9.**

> 가게에 갔습니다. 휴지, 비누, 그리고 치약을 샀습니다.

**單字**

가게 商店 | 휴지 衛生紙 | 비누 肥皂 | 그리고 還有；然後 | 치약 牙膏 |
사다 買

**文法與句型**

N-을 / 를【目的格助詞】表受詞。

去了商店。

買了衛生紙、肥皂和牙膏。

**10.**

> 저는 봄이 좋습니다. 동생은 가을을 좋아합니다.

**單字**

봄 春天 | 좋다 好；喜歡 | 동생 弟弟；妹妹 | 가을 秋天 | 좋아하다 喜歡

**文法與句型**

저 / 나는 N-이 / 가 좋다【句型】意思為「我喜歡N」。

我喜歡春天。

弟弟（妹妹）喜歡秋天。

**11.**

> 저는 기타 치는 것을 좋아합니다. 하루에 두 시간쯤 기타를 칩니다.

**單字**

기타 吉他 | 치다 彈 | 좋아하다 喜歡 | 하루 一天 | 시간 時間 | 쯤 左右

**文法與句型**

V-는 것【句型】將動詞轉換為動名詞形。
N-에【副詞格助詞】表示價值判斷或計算的基準單位。意思為「每N」。

我喜歡彈吉他。

一天大約彈吉他二個小時。

12.

> 저는 주말에 축구를 합니다. 제 동생은 자전거를 탑니다.

**單字**

**주말** 週末 | **축구** 足球 | **제** 我的 | **동생** 弟弟；妹妹 | **자전거** 腳踏車 |
**타다** 騎；搭

**文法與句型**

N-에【副詞格助詞】表示發生某行為或狀況的時間。意思為「N的時候」。

週末時我踢足球。

我的弟弟（妹妹）騎腳踏車。

13.

> 학교 근처에 지하철역이 없습니다. 버스를 타고 갑니다.

**單字**

**학교** 學校 | **근처** 附近 | **지하철역** 捷運站 | **없다** 沒有 | **버스** 公車 |
**타고 가다** 搭著去

**文法與句型**

N-에【副詞格助詞】表處所。意思為「在N」。

學校附近沒有捷運站。

搭公車上學。

14.

> 서울빌딩 일 층에 서점이 있습니다. 서점 옆에 문방구가 있습니다.

**單字**

**빌딩** 大樓 | **층** 層；樓 | **서점** 書店 | **옆** 旁邊 | **문방구** 文具店 | **있다** 在；有

**文法與句型**

N-에【副詞格助詞】表處所。意思為「在N」。

首爾大樓的一樓有書店。

書店的旁邊有文具店。

15.

> 식당에서 밥을 먹습니다. 영화관에서 영화를 봅니다.

**單字**

**식당** 餐廳 | **밥** 飯 | **먹다** 吃 | **영화관** 電影院 | **영화** 電影 | **보다** 看

**文法與句型**

N-에서【副詞格助詞】表發生某行為的場所。意思為「在N（做～）」。

在餐廳吃飯。

在電影院看電影。

• **함께 문제 유형을 이해해 봅시다.**

　大家一起理解考題類型吧！

▶ 題型1：第31～33題──選擇主題名詞題

**解題技巧**

　• 首先要快速找出句子中的關鍵字：
　　（1）名詞
　　（2）動詞、形容詞
　• 接著根據以上關鍵詞找出主題，常出現的主題有：
　　季節、場所、年紀、興趣、時間、約定等。

**[31~33]　무엇에 대한 이야기입니까? <보기>와 같이 알맞은 것을 고르십시오. (각 2점)**

　　是關於什麼的敘述？請如同＜範例＞選出適合的選項。（各2分）

31.

> 형이 있습니다. 누나도 있습니다.
> 我有哥哥。也有姊姊。

① 이름 名字　　② 가족 家人　　③ 생일 生日　　④ 친구 朋友

**Key Point!**

關鍵字：（1）형 哥哥（2）누나 姊姊
　　　→ 主題：가족 家人

答案：②

32.

> 저는 선생님입니다. 고등학교에서 일합니다.
> 我是老師。我在高中上班。

① 취미 興趣　　② 장소 場所　　③ 주말 週末　　④ 직업 職業

**Key Point!**

關鍵字：（1）선생님 老師（2）고등학교 高中（3）일하다 上班
　　　→ 主題：직업 職業

答案：④

（解答請見P190）

• **유형을 이해했나요? 그러면 아래의 문제를 풀어 보세요.**

  理解題型了嗎？那麼請試著解答下列問題。

무엇에 대한 이야기입니까? 알맞은 것을 고르십시오.

1. | 아침 식사는 여섯 시에 시작됩니다. 점심 식사는 열두 시입니다. |

   ① 시간　　　　② 음식　　　　③ 메뉴　　　　④ 식당

2. | 그저께는 화요일이었습니다. 오늘은 목요일입니다. |

   ① 선물　　　　② 요일　　　　③ 날짜　　　　④ 직업

3. | 추석은 음력 팔월 십오 일입니다. 양력 팔월 십오 일이 아닙니다. |

   ① 기분　　　　② 날씨　　　　③ 날짜　　　　④ 요일

4. | 내일 친구하고 만날 겁니다. 같이 저녁을 먹을 겁니다. |

   ① 취미　　　　② 음식　　　　③ 약속　　　　④ 날짜

5. | 저는 형이 있습니다. 형은 저보다 두 살이 많습니다. |

   ① 생일　　　　② 나이　　　　③ 요일　　　　④ 기분

6. | 주말에 옷을 샀습니다. 가방도 샀습니다. |

   ① 쇼핑　　　　② 가족　　　　③ 약속　　　　④ 취미

7. | 친구와 식당에 갔습니다. 함께 불고기를 먹었습니다. |

   ① 과일　　　　② 물건　　　　③ 사람　　　　④ 음식

8. | 오전에는 흐리겠습니다. 오후에는 맑겠습니다.

   ① 여행　　　　② 방학　　　　③ 과일　　　　④ 날씨

9. | 가게에 갔습니다. 휴지, 비누, 그리고 치약을 샀습니다.

   ① 식당　　　　② 장소　　　　③ 물건　　　　④ 위치

10. | 저는 봄이 좋습니다. 동생은 가을을 좋아합니다.

   ① 날짜　　　　② 계절　　　　③ 여행　　　　④ 나라

11. | 저는 기타 치는 것을 좋아합니다. 하루에 두 시간쯤 기타를 칩니다.

   ① 장소　　　　② 취미　　　　③ 전화　　　　④ 약속

12. | 저는 주말에 축구를 합니다. 제 동생은 자전거를 탑니다.

   ① 이름　　　　② 가족　　　　③ 장소　　　　④ 운동

13. | 학교 근처에 지하철역이 없습니다. 버스를 타고 갑니다.

   ① 약속　　　　② 취미　　　　③ 소개　　　　④ 교통

14. | 서울빌딩 일 층에 서점이 있습니다. 서점 옆에 문방구가 있습니다.

   ① 주말　　　　② 위치　　　　③ 계절　　　　④ 직업

15. | 식당에서 밥을 먹습니다. 영화관에서 영화를 봅니다.

   ① 취미　　　　② 장소　　　　③ 시간　　　　④ 음식

( 解答請見P190 )

• **실력을 테스트해 보세요.**

試著測試實力吧！

무엇에 대한 이야기입니까? 알맞은 것을 고르십시오.

1. 마이클 씨는 미국 사람입니다. 리에 씨는 일본 사람입니다.

① 날짜      ② 나라      ③ 과일      ④ 여행

2. 아버지는 의사입니다. 어머니는 주부입니다.

① 음식      ② 계절      ③ 직업      ④ 취미

3. 이것은 우유입니다. 저것은 주스입니다.

① 장소      ② 약속      ③ 시간      ④ 음식

4. 아버지는 수영을 좋아합니다. 하지만 오빠는 영화를 좋아합니다.

① 가족      ② 교통      ③ 물건      ④ 약국

5. 나는 영국에서 왔습니다. 친구는 캐나다에서 왔습니다.

① 운동      ② 쇼핑      ③ 취미      ④ 고향

# MEMO

# TYPE 2

## 填空題

**題型介紹**
- 此題每一題以2個句子組成，每題2分或3分，共6題。
- 需選出括號裡可使用的名詞、動詞、形容詞、助詞或副詞等。

• 단어와 중국어 해석을 보지 말고 아래의 글을 해석해 보세요.
請試著不看單字與中文解析來分析下列文章。

中文解釋

1.

한국어 공부를 오래 했습니다. 오 년 전부터 배웠습니다.

**單字**

한국어 韓語 | 오래 很久 | 전 前 | 배우다 學；學習

**文法與句型**

N-부터【補助詞】表時間或場所的起點。意思為「從N」。

學習韓語很久了。

從五年前開始學了。

2.

오늘은 월요일입니다. 그러니까 모레는 수요일입니다.

**單字**

오늘 今天 | 모레 後天 | 그러니까 所以；因此 | 월요일 星期一 |
수요일 星期三

今天是星期一。

所以後天是星期三。

3.

저는 구십 년 생입니다. 우리 언니는 팔십구 년 생입니다.

**單字**

우리 我；我們；我們家 | 언니 姊姊

**文法與句型**

N-년 생이다【句型】意思為「N年出生」。

我是九〇年生。

我的姊姊是八九年生

4.

> 이번 주말에 친구하고 극장에 갈 겁니다. 그리고 영화를 볼 겁니다.

**單字**

이번 這次 | 주말 週末 | 극장 電影院 | 그리고 然後；還有

**文法與句型**

V-(으)ㄹ 것이다【句型】表計畫。意思為「將會V；要V」。
N-하고【副詞格助詞】表一起作某行為的對象。意思為「和N一起做」。

這個週末要跟朋友去電影院。

然後要看電影。

5.

> 저는 동생이 있습니다. 제 동생은 저보다 한 살 어립니다.

**單字**

동생 弟弟；妹妹 | 살 歲 | 어리다 年幼；（年紀）小

**文法與句型**

N-보다【副詞格助詞】表比較的對象。意思為「與N相比；比起N」。

我有弟弟（妹妹）。

我的弟弟（妹妹）比我小一歲。

6.

> 식당에 갔습니다. 냉면을 주문했습니다.

**單字**

식당 餐廳 | 냉면 冷麵 | 주문하다 點菜

去了餐廳。

點了冷麵。

7.

> 어제는 비가 내렸습니다. 그리고 바람도 불었습니다.

**單字**

어제 昨天 | 비가 내리다 下雨 | 바람이 불다 颱風

**文法與句型**

N-도【補助詞】表包含。意思為「N也」。

昨天下了雨。

而且還颳了風。

**8.**

> 김치찌개는 조금 맵습니다. 그렇지만 아주 맛있습니다.

**單字**

김치찌개 泡菜鍋 | 조금 一點 | 맵다 辣的 | 그렇지만 但是 | 아주 非常 |
맛있다 好吃

泡菜鍋有點辣。

但是非常好吃。

**9.**

> 과자가 한 개에 삼천 원입니다. 조금 비쌉니다.

**單字**

과자 餅乾 | 한 개 一個 | 삼천 三千 | 원 元 | 조금 有一點 | 비싸다 貴的

**文法與句型**

N-에【副詞格助詞】表示價值判斷或計算的基準單位。意思為「每N」。

餅乾一個三千元。

有點貴。

**10.**

> 오늘 친구의 생일입니다. 그래서 친구에게 선물을 했습니다.

**單字**

오늘 今天 | 친구 朋友 | 생일 生日 | 그래서 所以 | 선물을 하다 送禮物

**文法與句型**

N-의 N【冠形格助詞】表所屬關係。意思為「N的N」。
N-에게【副詞格助詞】表動作的對象。意思為「給N；向N」。

今天是朋友的生日。

因此送禮物給朋友。

**11.**

> 그림을 좋아합니다. 미술관에 자주 갑니다.

**單字**

그림 圖畫 | 좋아하다 喜歡 | 자주 常常 | 미술관 美術館

**文法與句型**

N（場所名詞）-에 가다【句型】意思為「到N去」。

喜歡圖畫。

常常去美術館。

**12.**

테니스를 좋아합니다. 그래서 테니스를 자주 칩니다.

**單字**

테니스 網球 │ 치다 打 │ 그래서 所以 │ 자주 常常

喜歡打網球。

所以常常打網球。

**13.**

차가 막힙니다. 그래서 지하철을 타고 갑니다.

**單字**

차 車 │ 막히다 堵塞 │ 그래서 所以 │ 지하철 捷運 │ 타고 가다 搭著去

車子堵塞。

所以搭捷運去。

**14.**

집이 회사에서 가깝습니다. 그래서 걸어 다닙니다.

**單字**

집 家 │ 회사 公司 │ 가깝다 近的 │ 걸어 다니다 走路往返

**文法與句型**

N-에서【副詞格助詞】表出發點。意思為「從N；離N」。

家離公司近。

所以走路上班。

**15.**

미용실에 갑니다. 머리를 자릅니다.

**單字**

미용실 美容院 │ 머리 頭；頭髮 │ 자르다 剪

去美容院。

剪頭髮。

• **함께 문제 유형을 이해해 봅시다.**

大家一起理解考題類型吧！

▶ **題型2：第34～39題──填空題**

**解題技巧**
- 題目大致上以有因果關係的2個句子組成。
- 先看沒有括號的句子，推敲它是原因句或是結果句，然後從選項中選出合乎句子脈絡、適合填入括號的選項。

[34~39] 〈보기〉와 같이 (            )에 들어갈 가장 알맞은 것을 고르십시오.

如同＜範例＞，請選出最適合填入（          ）的選項。

36. (2점) (2分)

> 공원에 사람이 없습니다. 그래서 (            ).
> 公園裡沒有人。所以（          ）。

① 예쁩니다 漂亮　　② 작습니다 小　　.③ 조용합니다 安靜　　④ 가깝습니다 近

**Key Point!**

（1）要找出前句狀況所產生的結果（形容詞）。

（2）關鍵字：공원 公園、사람 人、없다 沒有

（3）文章脈絡：

　　原因 → 公園裡沒有人。

　　結果 → 所以「公園裡狀況怎樣？」

①公園裡沒有人，所以「漂亮」，不符。（×）
②公園裡沒有人，所以「小」，不符。（×）
③公園裡沒有人，所以「安靜」。（○）
④公園裡沒有人，所以「近」，不符。（×）

答案：③

37. (3점)（3分）

> 반 친구들과 (　　　　　) 만났습니다. 자기 소개를 했습니다.
> 和同學們（　　　　　）見了面。介紹我自己了。

①아마 也許　　②처음 初次　　③아주 非常　　④별로 不太

**Key Point!**

（1）要找出合乎文章脈絡的副詞。

（2）副詞為修飾動詞或形容詞，要知道修飾的形式為何。

（3）關鍵字：반 친구들 同學們、만났습니다 見面了、자기 소개 自我介紹

（4）文章脈絡：

結果 → 介紹了我自己。

原因 → 為什麼介紹我自己？因為見面的狀況「如何」？

①「아마」是「也許」的意思，通常與「-(으)ㄹ 거예요.」等表推測的未來式結合，不符。（×）

②「처음」為「初次」的意思，與動作結合成「初次見了面」，所以「介紹了我自己」。（○）

③「아주」為「非常」的意思，表示程度，因此與動作結合成「非常見了面」，不成文。（×）

④「별로」後面須出現否定說法（如「안」、「못」等），表達「不太～」的意思，因此在這裡不符句型。（×）

答案：②

（解答請見P190）

**• 유형을 이해했나요? 그러면 아래의 문제를 풀어 보세요.**

理解題型了嗎？那麼請試著解答下列問題。

( )에 들어갈 가장 알맞은 것을 고르십시오.

1. 한국어 공부를 오래 했습니다. 오 년 전부터 ( ).

   ① 합니다　　　② 시작합니다　　③ 배웁니다　　④ 배웠습니다

2. 오늘은 월요일입니다. ( ) 모레는 수요일입니다.

   ① 그렇게　　　② 그런데　　　③ 그렇지만　　④ 그러니까

3. 저는 구십 년 생입니다. 우리 ( )는 팔십구 년 생입니다.

   ① 언니　　　　② 동생　　　　③ 엄마　　　　④ 아빠

4. 이번 주말에 친구( ) 극장에 갈 겁니다. 그리고 영화를 볼 겁니다.

   ① 같이　　　　②하고　　　　③ 한테　　　　④ 에게

5. 저는 동생이 있습니다. 제 동생은 저보다 한 살 ( ).

   ① 큽니다　　　② 많습니다　　③ 작습니다　　④ 어립니다

6. 식당에 갔습니다. 냉면을 ( ).

   ① 주문했습니다　② 만들었습니다　③ 좋아했습니다　④ 있었습니다

7. 어제는 비가 ( ). 그리고 바람도 불었습니다.

   ① 갔습니다　　② 내렸습니다　　③ 다녔습니다　　④ 샀습니다

8. 김치찌개는 조금 맵습니다. (          ) 아주 맛있습니다.

① 그러면　　　　② 아직　　　　③ 아마　　　　④ 그렇지만

9. 과자가 한 개(          ) 삼천 원입니다. 조금 비쌉니다.

① 하고　　　　② 에　　　　③ 를　　　　④ 에서

10. 오늘 친구의 생일입니다. 그래서 친구(          ) 선물을 했습니다.

① 에게　　　　② 를　　　　③ 하고　　　　④ 가

11. 그림을 좋아합니다. (          )에 자주 갑니다.

① 미술관　　　　② 도서관　　　　③ 박물관　　　　④ 수영장

12. 테니스를 좋아합니다. 그래서 테니스를 (          ) 칩니다.

① 별로　　　　② 자주　　　　③ 어서　　　　④ 너무

13. 차가 (          ). 그래서 지하철을 타고 갑니다.

① 갑니다　　　　② 있습니다　　　　③ 막힙니다　　　　④ 넓습니다

14. 집이 회사에서 (          ). 그래서 걸어 다닙니다.

① 가깝습니다　　　　② 걸립니다　　　　③ 걷습니다　　　　④ 탑니다

15. (          )에 갑니다. 머리를 자릅니다.

① 학교　　　　② 백화점　　　　③ 미용실　　　　④ 운동장

（解答請見P190）

• **실력을 테스트해 보세요.**

  試著測試實力吧！

( )에 들어갈 가장 알맞은 것을 고르십시오.

1. 저는 한국 사람입니다. 친구는 ( ).

   ① 갑니다      ② 선물입니다      ③ 공부합니다      ④ 영국 사람입니다

2. 저는 회사에 ( ). 친구는 학교에서 피아노를 가르칩니다.

   ① 다닙니다      ② 탑니다      ③ 봅니다      ④ 듣습니다

3. 저는 제임스입니다. ( ) 제 친구는 마크입니다.

   ① 그래서      ② 그리고      ③ 그러면      ④ 그러니까

4. 오빠는 회사( ) 일합니다. 요즘 바쁩니다.

   ① 에서      ② 에      ③ 가      ④ 하고

5. 저는 언니가 한 명 있습니다. 우리는 서울( ) 삽니다.

   ① 과      ② 에      ③ 에게      ④ 을

# TYPE 3

## 應用文解讀題

題型介紹
· 此題型內容以應用文為主，每題3分，共3題。
· 請注意此題型為選擇「錯誤」的內容。

· 단어와 중국어 해석을 보지 말고 아래의 글을 해석해 보세요.

請試著不看單字與中文解析來分析下列文章。

中文解釋

1.

> 만족 슈퍼마켓 개업 3주년 할인
> 모든 상품을 30% 할인 가격에 드립니다.
>
> 기간 : 2017년 5월 1일부터 6월 1일까지
> · 담배와 주류는 제외
> · 이십만 원 이상 구매 고객께는 5% 더 할인해 드립니다.

滿足超市開幕3週年優惠

所有商品給予30%的優惠價。

期間：自2017年5月1日起至6月1日止

· 香菸和酒類除外

· 購物超過20萬元的顧客，再給予5%的優惠。

單字

개업 開幕；開業 | 주년 週年 | 할인하다 折扣 | 기간 期間 | 상품 商品 | 가격 價格 | 담배 香菸 | 주류 酒類 | 제외 除外 | 구매 購買 | 고객 顧客 | | 더 再；更

文法與句型

N（價錢）-에 드리다【句型】意思為「以N（價格）提供」。
V-아 / 어 드리다【句型】表幫忙。意思為「給予V；幫忙V」。
N-께【副詞格助詞】（「에게」的敬語）向；給（某人）

2.

> 도서관 이용 안내
>
> 이용 시간 : 월~금 09 : 00~21 : 00
>            토, 일 09 : 00~17 : 00
> · 도서는 1회에 10권까지 빌릴 수 있습니다.

圖書館使用說明

使用時間：一～五 09 : 00～21 : 00

六、日 09 : 00～17 : 00

· 書籍1次可借到10本。

單字

이용 利用 | 안내 介紹；公告 | 도서 圖書 | 회 次 | 권 本 | 빌리다 借

N-까지【補助詞】表終點。意思為「到N為止」。

V-(으)ㄹ 수 있다【句型】表能力、可能性。意思為「可以V；能夠V」。

3.

> 방문을 환영합니다.
> 팔당 전망대
>
> ・연중 개관
> ・개관 시간 : 10 : 00～17 : 30
> ・사전 예약 필수
> ・관내 금연

歡迎參觀。

八堂觀景台

・全年無休

・開館時間 : 10 : 00
　 ～ 17 : 30

・須事先預約

・館內禁菸

**單字**

방문 訪問；來訪｜환영하다 歡迎｜전망대 展望台｜연중 개관 全年無休｜
사전 事先｜예약 預約｜필수 務必；必須｜관내 館內｜금연 禁菸

4.

| Mtv 라디오 프로그램 방송 일정 | |
|---|---|
| 시간 | 7월26일 |
| 15시 | 아름다운 우리 국악 |
| 17시 | 오늘의 뉴스 |
| 18시 | 라디오 극장 |

Mtv廣播節目播放
時間表

| 時間 | 7月26日 |
|---|---|
| 15時 | 我們優美的國樂 |
| 17 時 | 今日新聞 |
| 18時 | 廣播劇場 |

**單字**

라디오 收音機｜프로그램 節目｜방송 播放；廣播｜일정 日程；時間表｜
아름답다 美麗的｜국악 國樂｜오늘 今天｜뉴스 新聞｜극장 劇場

5.

자전거 박물관 안내

요일 : 월요일~토요일
시간 : 10 : 00~18 : 00
입장료 : 2,500원
• 6세 이하 어린이에게 작은 선물을 드립니다.

**單字**

자전거 腳踏車 | 박물관 博物館 | 안내 介紹；公告 | 요일 星期 |
월요일 星期一 | 토요일 星期六 | 시간 時間 | 입장료 門票；入場費 |
이하 以下 | 어린이 兒童 | 작다 小的 | 선물 禮物

**文法與句型**

N（某人）-에게 드리다【句型】意思為「（將某東西）給N」。

6.

외국인을 위한 K-pop 댄스 모임

K-pop 댄스를 배우고 싶습니까?
그럼 저희 댄스 모임에 오세요.
여러 친구들도 사귈 수 있습니다.

일시 : 토요일 저녁 7 ~ 8시
장소 : 2층 201호 교실

**單字**

외국인 外國人 | 댄스 跳舞 | 모임 聚會 | 배우다 學習 | 저희 我們 |
여러 許多 | 친구를 사귀다 交朋友 | 일시 日期與時間 | 장소 場所 | 층 樓 |
호 號 | 교실 教室

**文法與句型**

N-을 / 를 위하다【句型】表目的。意思為「為了N」。
V-고 싶다【句型】表希望。意思為「想要V」。
V-(으)ㄹ 수 있다【句型】表能力、可能性。意思為「可以V；能夠V」。

脚踏車博物館介紹

星期：星期一～星期六

時間：10：00～18：00

門票：2,500元

・贈送小禮物給6歲以下的兒童。

為外國人舉辦的K-pop舞蹈聚會

想學K-pop舞蹈嗎？

那麼請來我們的舞蹈聚會。

還可以交到很多朋友

時間：星期六晚上7～8時

地點：2樓201號教室

**7.**

이름 : 레이코
1일 3회, 총 3일분
아침, 점심, 저녁
식전 1봉지


은혜 약국

이름 姓名;名字 | 회 次 | 총 共 | 분 份量 | 식전 飯前 | 봉지 包;袋

姓名：麗子

1日3回，共3日份

早上、中午、晚上

飯前1包

恩惠藥局

**8.**

무료 영화 상영

우리 학교 학생들에게 영화를 무료로 보여 줍니다.
기간 : 4월 한 달
일시 : 매주 금요일 저녁 7시
장소 : 미래대학교 강당

**單字**

무료 免費 | 영화 電影 | 상영 放映;上映 | 기간 期間 | 일시 日期與時間
| 매주 每週 | 금요일 星期五 | 저녁 晚上 | 장소 地點;場所 | 강당 禮堂 |

**文法與句型**

N（某人）-에게 보여 주다【句型】意思為「給N看」。

免費電影放映

提供免費電影給我們
學校的學生觀賞。

期間：4月一整個月

日期：每週星期五
晚上7時

地點：未來大學禮堂

9.

| 유월 | | | | | | |
|---|---|---|---|---|---|---|
| 11(일) | 12(월) | 13(화) | 14(수) | 15(목) | 16(금) | 17(토) |
| 대청소 | 저녁8시 요가 수업 | 12시 김 대리와 점심 | | 오전10시 팀 회의 | | 8시 미영과 아침 식사 |

**單字**

대청소 大掃除 | 요가 瑜伽 | 수업 課 | 대리 （職稱）代理 | 팀 組；隊 |
회의 會議 | 아침식사 早餐

**文法與句型**

N-와／과【副詞格助詞】表一起做某行為的對象。意思為「和N一起做」。

10.

박 대리님께 :
제가 집에 급한 일이 있어서 오늘 회의에 늦을 것 같습니다.
죄송하지만 제 책상 위에 있는 자료를 김 부장님에게 좀 전해 주십시오.
집에서 출발하기 전에 전화 드리겠습니다.
감사합니다!

고영철 대리 드림

**單字**

급한 일 急事 | 회의 會議 | 늦다 遲到 | 죄송하다 抱歉 | 책상 書桌 |
위 上面 | 자료 資料 | 부장 （職稱）部長 | 전하다 傳達 | 출발하다 出發 |
전화 드리다 撥打電話；致電 | 드리다 （「주다」的敬語）給 | 드림 敬上

**文法與句型**

N（某人）-께【副詞格助詞】表動作對象。意思為「向N；給N」。
V／A-아서／어서【連結語尾】表原因。意思為「因為V／A」。
V／A-(으)ㄹ 것 같다【句型】表推測。意思為「可能會V／A」。
V／A-지만【連結語尾】表轉折。意思為「雖然V／A，但～」。
V-아／어 주다【句型】表幫助。意思為「幫忙V」。
V-기 전에【句型】意思為「V之前」。

六月

| 11 （日） | 大掃除 |
|---|---|
| 12 （一） | 晚上8點 瑜伽課 |
| 13 （二） | 12點 和金代理 午餐 |
| 14 （三） | |
| 15 （四） | 上午10點 小組會議 |
| 16 （五） | |
| 17 （六） | 8點 和美英 早餐 |

致 朴代理：

因家中有急事，所以今天會議可能會晚點到。

很抱歉，請將我書桌上的資料轉交給金部長。

從家裡出發之前我會打電話給您。

非常感謝！

高英哲代理 敬上

• **함께 문제 유형을 이해해 봅시다.**

　大家一起理解考題類型吧！

▶ 題型3：第40～42題——應用文解讀題

**解題技巧**

· 該題型裡所出現的內容大多與日常生活有關，如標示、公告、廣告、天氣預報、簡訊、E-Mail等。

· 須留意的項目為：

　（1）活動內容、（2）時間、（3）地點

**[40~42] 다음을 읽고 맞지 않는 것을 고르십시오. (각 3점)**

　　請閱讀下文，選出不正確的選項。（各3分）

42.

### 사랑 요리 교실

**가족 모두 함께 맛있는 케이크를 만들어요!**

· 일　시 : 매주 일요일 아침 9시
· 장　소 : 사랑 요리 교실 (02-987-6543)
· 요　리 : 초콜릿 케이크
· 참가비 : 어린이 7,000원 / 어른 12,000원

※커피와 우유를 드립니다.

### 愛情烹飪教室

**全家人一起做美味蛋糕吧！**

· 日期與時間：每週日早上9點
· 地　　　點：愛情烹飪教室（02-987-6543）
· 菜　　　名：巧克力蛋糕
· 參加費用：幼童7,000元 / 成人12,000元

※提供咖啡與牛奶。

① 어른은 만이천 원을 냅니다. 成人要付一萬兩千元。

② 커피와 우유도 같이 만듭니다. 同時做咖啡與牛奶。

③ 요리 교실은 일요일마다 있습니다. 烹飪教室每週日開課。

④ 가족이 함께 초콜릿 케이크를 만듭니다. 全家人一起做巧克力蛋糕。

**Key Point!**

（1）活動內容：烹飪、巧克力蛋糕、小孩7,000元、成人12,000元、提供咖啡與牛奶

（2）時間：每週日早上9點

（3）地點：愛情烹飪教室

①公告上寫著參加費用大人（어른）需付一萬兩千元。（○）

②公告上寫著將提供咖啡與牛奶，並非要做這些飲料。（×）

③該烹飪教室於每週日早上9點開課。（○）

④公告標題寫著全家人一起做巧克力蛋糕。（○）

答案：②

（ 解答請見P190 ）

- **유형을 이해했나요? 그러면 아래의 문제를 풀어 보세요.**

  理解題型了嗎？那麼請試著解答下列問題。

다음을 읽고 맞지 <u>않는</u> 것을 고르십시오.

1.

> 만족 슈퍼마켓 개업 3주년 할인
> 모든 상품을 30% 할인 가격에 드립니다.
>
> 기간 : 2017년 5월 1일부터 6월 1일까지
> • 담배와 주류는 제외
> • 이십만 원 이상 구매 고객께는 5% 더 할인해 드립니다.

① 한 달 동안 할인을 받을 수 있습니다.

② 술은 할인을 받을 수 없습니다.

③ 10만 원 이상을 사면 할인을 더 받을 수 있습니다.

④ 이 슈퍼마켓은 개업한 지 삼 년 되었습니다.

2.

> 도서관 이용 안내
>
> 이용 시간 : 월~금 09 : 00~21 : 00
> 　　　　　　토, 일 09 : 00~17 : 00
> • 도서는 1회에 10권까지 빌릴 수 있습니다.

① 이 도서관은 쉬는 날이 없습니다.

② 주말에는 다섯 시까지 엽니다.

③ 책을 한 번에 열 권을 빌릴 수 있습니다.

④ 화요일에는 밤 열 시까지 이용할 수 있습니다.

3.

> 방문을 환영합니다.
> 팔당 전망대
>
> • 연중 개관
> • 개관 시간 : 10 : 00~17 : 30
> • 사전 예약 필수
> • 관내 금연

① 이곳에 가기 전에 미리 예약해야 합니다.

② 아침 열 시부터 오후 다섯 시 반까지 엽니다.

③ 이곳에 매일 갈 수 없습니다.

④ 이곳에서는 담배를 피울 수 없습니다.

4.

| Mtv 라디오 프로그램 방송 일정 ||
| 시간 | 7월26일 |
| --- | --- |
| 15시 | 아름다운 우리 국악 |
| 17시 | 오늘의 뉴스 |
| 18시 | 라디오 극장 |

① 세 시에는 전통 음악을 들을 수 있습니다.

② 여섯 시에는 영화를 볼 수 있습니다.

③ 뉴스는 한 시간 동안 합니다.

④ 뉴스는 다섯 시에 시작합니다.

5.

자전거 박물관 안내

요일 : 월요일~토요일
시간 : 10 : 00~18 : 00
입장료 : 2,500원
• 6세 이하 어린이에게 작은 선물을 드립니다.

① 이천오백 원을 냅니다.
② 일요일에도 볼 수 있습니다.
③ 어린이가 갈 수 있습니다.
④ 오후 여섯 시에 끝납니다.

6.

외국인을 위한 K-pop 댄스 모임

K-pop 댄스를 배우고 싶습니까?
그럼 저희 댄스 모임에 오세요.
여러 친구들도 사귈 수 있습니다.

일시 : 토요일 저녁 7~8시
장소 : 2층 201호 교실

① 이 층 교실에서 모임을 합니다.
② 여기에서 춤을 배웁니다.
③ 8시에 모임을 시작합니다.
④ 이 모임은 외국인들이 참가합니다.

7.

이름 : 레이코
1일 3회, 총 3일분
아침, 점심, 저녁
식전 1봉지


은혜 약국

① 저녁에는 약을 먹지 않습니다.

② 식사를 하기 전에 약을 먹습니다.

③ 삼 일 동안 약을 먹습니다.

④ 이 약은 레이코 씨의 약입니다.

8.

무료 영화 상영

우리 학교 학생들에게 영화를 무료로 보여 줍니다.
기간 : 4월 한 달
일시 : 매주 금요일 저녁 7시
장소 : 미래대학교 강당

① 금요일에 영화를 봅니다.

② 미래대학교에서 영화를 봅니다.

③ 이 행사는 돈을 내지 않아도 됩니다.

④ 저녁 일곱 시까지 영화를 봅니다.

9.

| 유월 | | | | | | |
|---|---|---|---|---|---|---|
| 11(일) | 12(월) | 13(화) | 14(수) | 15(목) | 16(금) | 17(토) |
| 대청소 | 저녁8시<br>요가 수업 | 12시<br>김 대리와<br>점심 | | 오전10시<br>팀 회의 | | 8시<br>미영과<br>아침 식사 |

① 요가 수업은 월요일 저녁에 있습니다.

② 화요일 정오에 김 대리와 약속이 있습니다.

③ 목요일 회의는 아침 열 시에 시작합니다.

④ 토요일 저녁 여덟 시에 미영 씨와 만날 겁니다.

10.

박 대리님께,

제가 집에 급한 일이 있어서 오늘 회의에 늦을 것 같습니다.

죄송하지만 제 책상 위에 있는 자료를 김 부장님에게 좀 전해 주십시오.

집에서 출발하기 전에 전화 드릴게요.

감사합니다!

고영철 대리 드림

① 박 대리가 자료를 김 부장님께 드려야 합니다.

② 고 대리 집에 일이 생겼습니다.

③ 고 대리는 오늘 회의에 못 올 겁니다.

④ 고 대리가 전화를 한 후에 출발할 겁니다.

（解答請見P190）

• **실력을 테스트해 보세요.**

試著測試實力吧！

다음을 읽고 맞지 <u>않는</u> 것을 고르십시오.

1.

> 함께 살을 뺍시다!
> 새로운 친구도 사귀고 함께 운동하면서 살도 빼는 게 어때요?
>
> 장소 : 세종 공원 내 광장
> 시간 : 매주 월, 수, 금 오전 7시~8시
> 참가비 : 무료
> 강사 : 고영철 (현 세종 피트니스 센터 코치)
> • 오실 때 물과 수건을 꼭 가져오세요!

① 운동 시간은 한 시간입니다.

② 물하고 수건을 반드시 준비해야 합니다.

③ 이 모임은 일주일에 세 번 합니다.

④ 이 모임에 참가하려면 돈을 내야 합니다.

2.

행복병원 진료 안내

평일(월~금)  9 : 30~19 : 00
토요일       10 : 00~17 : 00
〈점심시간   12 : 00~13 : 30〉

① 수요일은 아홉 시 반에 문을 엽니다.
② 점심시간은 한 시 삼십 분까지입니다.
③ 주말에는 진료를 하지 않습니다.
④ 저녁 일곱 시 이후에는 문을 닫습니다.

3.

사진전 초대

국내 유명 사진작가 최민승의 사진전에
여러분을 초대합니다.
기간 : 5 / 1~5 / 30
일시 : 오전 10 : 30~저녁 18 : 30 (일요일 휴관)
장소 : 우리빌딩 3F 전시실
입장료 : 서울 시민 무료 관람 가능

① 우리빌딩 사 층에서 전시를 볼 수 있습니다.
② 서울에 사는 사람은 입장료가 없습니다.
③ 한 달 동안 전시를 합니다.
④ 일요일에는 문을 열지 않습니다.

4.

중고 의류 판매
입지 않는 옷을 싸게 팝니다.
새 옷은 아니지만 깨끗합니다.

티셔츠 최대 50% 할인
치마, 바지 최대 30% 할인

자세한 문의는 아래 인터넷 주소 참고
http://junggossa.net

① 깨끗한 중고 옷을 싸게 팝니다.
② 인터넷으로 연락하면 됩니다.
③ 티셔츠는 모두 반값에 팝니다.
④ 이곳에서 새 옷은 팔지 않습니다.

5.

서울빌딩 안내

4 F  천사 커피숍
3 F  누리 서점
2 F  하나 미용실
1 F  미래 은행, 우리 약국

① 약국은 일 층에 있습니다.
② 삼 층에 서점이 있습니다.
③ 커피숍은 서점 위에 있습니다.
④ 은행은 미용실 옆에 있습니다.

# TYPE 4

## 選一致內容題

**題型介紹**

- 此題型每題2分或3分,共3題。
- 屬於大約以3~4個句子所組成的短文閱讀題目,需找出與文章內容「一致」的選項。

- 단어와 중국어 해석을 보지 말고 아래의 글을 해석해 보세요.
請試著不看單字與中文解析來分析下列文章。

中文解釋

1.

> 다음 주부터 방학이 시작됩니다. 이번 방학 때는 여행을 많이 하고 싶습니다. 그래서 다음 주에 친구와 바다에 놀러 가기로 했습니다.

從下週起開始放假。

這次放假我想多旅行。

因此決定下星期和朋友去海邊玩。

**單字**

다음 주 下週 | 방학 放假;寒、暑假 | 시작되다 開始 | 바다 海;海邊 | 놀러 가다 去玩

**文法與句型**

N(時間)-부터【補助詞】表時間或場所的起點。意思為「從N起」。
N(時間)-때【句型】意思為「N的時候」。
V-기로 하다【句型】意思為「決定要V;約定要V」。

2.

> 제 취미는 사진을 찍는 것입니다. 그래서 주말마다 여기저기에 가서 사진을 찍습니다. 어제는 공원에서 꽃과 나무를 많이 찍었습니다.

我的興趣是攝影。

因此每個週末都去各地拍照。

昨天在公園照了許多的花卉和樹木。

**單字**

취미 興趣 | 사진 照片 | 사진을 찍다 拍照 | 여기저기 到處 | 공원 公園 | 꽃 花 | 나무 樹

**文法與句型**

N(時間)-마다【補助詞】意思為「每N」。
N(地點)-에 가서 V【句型】意思為「去到N(做)V」。
N-와/과 N【接續助詞】表並列兩個以上的人、事、物。意思為「N和N」。

3.

> 저는 미국 친구가 한 명 있습니다. 그 친구는 한국에 온 지 삼 년이
> 되었습니다. 우리는 일주일에 한 번 만나서 언어 교환을 합니다.

我有一位美國朋友。

那位朋友來韓國三年了。

我們一個星期見一次面，進行語言交換。

**單字**

일주일에 한 번 一週一次 | 언어 교환 語言交換

**文法與句型**

V-(으)ㄴ 지 N（時間）-이/가 되다【句型】表做某動作經過N（時間）。
N（時間）-이/가 되다【句型】意思為「過了/到了N（時間）」。
V-아/어서【連結語尾】表動作順序。意思為「V後」。
N-을/를 만나서 V【句型】意思為「與N見面後V」。

4.

> 저는 저녁에 친구와 만나기로 했습니다. 그런데 버스를 잘못 타서
> 약속 시간에 많이 늦었습니다. 친구가 저에게 화를 냈습니다.

我下午要和朋友見面。

但是搭錯公車，所以遲到了很久。

朋友對我發脾氣了。

**單字**

타다 搭乘 | 잘못 타다 搭錯 | 약속 시간 約好的時間 | 화를 내다 生氣；發火 | 늦다 遲到；晚

**文法與句型**

V-기로 하다【句型】意思為「決定要V；約定要V」。
N（某人）-에게【副詞格助詞】表動作對象。意思為「向N」。
V/A-아/어서【連結語尾】表原因。意思為「因為V/A」。

5.

> 저는 금요일마다 저녁 식사를 하고 공원에 갑니다. 공원에서 산책을
> 하고 운동을 합니다. 그리고 집에 와서 물을 마십니다.

我每個星期五吃過晚餐就去公園。

在公園散步和運動。

然後回到家喝水。

**單字**

저녁 식사 晚餐 | 공원 公園 | 산책을 하다 散步

**文法與句型**

N（時間）-마다【補助詞】意思為「每N」。
N（地點）-에 와서 V【句型】意思為「來到N（做）V」。

## 6.

> 지난주 수요일은 제 생일이었습니다. 친구가 모자를 사서 저에게
> 선물했습니다. 그 모자가 예뻐서 아주 좋습니다.

**單字**

**지난주** 上星期；上週 | **생일** 生日 | **모자** 帽子 | **예쁘다** 漂亮 |
**좋다** 喜歡；好

**文法與句型**

N（事物）-을／를【目的格助詞】表受詞。
N（某人）-에게 선물하다【句型】意思為「將N送給N（某人）當禮物」。

上星期三是我的生日

朋友買了帽子送給我

那頂帽子很漂亮，我非常喜歡。

## 7.

> 어제는 친구의 생일이었습니다. 그래서 저는 친구를 만나서 같이 밥을
> 먹고 선물도 주었습니다. 친구가 정말 기뻐했습니다.

**單字**

**선물** 禮物 | **주다** 給；送 | **기뻐하다** 高興；歡喜

**文法與句型**

N（某人）-을／를 만나서 V【句型】意思為「與N見面而V」。

昨天是朋友的生日。

因此我和朋友見面一起吃飯，還送了禮物給他。

朋友真的很高興。

## 8.

> 오늘 저는 엄마와 미술관에 갔습니다. 거기에는 그림을 구경하는
> 사람들이 많이 있었습니다. 우리도 재미있게 그림을 구경했습니다.

**單字**

**미술관** 美術館 | **그림** 畫作 | **구경하다** 參觀

**文法與句型**

재미있게 V【句型】意思為「V得好玩；很有趣地V」。

今天我和媽媽去美術館了。

那裡有許多參觀畫作的人。

我們也看得很有意思。

• 함께 문제 유형을 이해해 봅시다.

大家一起理解考題類型吧！

▶ 題型4：第43～45題──選一致內容題

**解題技巧**

• 首先看選項裡重複出現的詞（尤其是名詞），以便找出關鍵字；應特別注意短文中與此詞彙相關的內容。

• 在閱讀短文時，要留意時間、時態、地點、方向等，並思考以下要點，把握內文的脈絡：

（1）誰（跟誰）？

（2）什麼時候？

（3）在哪裡？

（4）做什麼？

（5）怎麼做？

（6）為什麼做？

💡 **小叮嚀**

答案的選項會將短文內容以不同的方式敘述，因此不可期待找到與短文內容逐字都相同的選項。

[43~45] 다음의 내용과 같은 것을 고르십시오.

請選出與下文內容一致的選項。

43. (3점)（3分）

> 저는 사진을 배웁니다. 주말마다 거리에 나가서 사진을 찍습니다. 가끔 친구와 사진 전시회에 가서 구경을 합니다.
>
> 我學拍照。每個週末都去街上拍照。偶爾和朋友去照片展示會參觀。

① 저는 친구와 거리에 갑니다. 我和朋友去街上。

② 친구는 사진 공부를 합니다. 朋友學拍照。

③ 저는 거리에서 사진을 찍습니다. 我在街上拍照。

④ 친구는 혼자 전시회에 갑니다. 朋友一個人去展示會。

（1）在選項裡重複出現的詞彙為「朋友」、「拍照」、「街上」，請留意與此詞彙有關的內容。

（2）把握內文的脈絡：

第一句：배웁니다.　　→ 誰？做什麼？　　　　→ 我，學拍照

第二句：사진을 찍습니다.　→ 什麼時候？在哪裡？ → 每個週末，去街上

第三句：구경을 합니다.　→ 跟誰？在哪裡？　　→ 和朋友一起，去展示會

①去街上的人只有我，沒有朋友。（×）

②學拍照的人是我，不是朋友。（×）

③我每個週末都去街上拍照。（○）

④朋友和我一起去展示會參觀，不只有朋友一個人。（×）

答案：③

（解答請見P191）

- **유형을 이해했나요? 그러면 아래의 문제를 풀어 보세요.**

  理解題型了嗎？那麼請試著解答下列問題。

다음의 내용과 같은 것을 고르십시오.

1.

> 다음 주부터 방학이 시작됩니다. 이번 방학 때는 여행을 많이 하고 싶습니다. 그래서 다음 주에 친구와 바다에 놀러 가기로 했습니다.

① 방학 때마다 바다에 갑니다.

② 저는 이번 방학 때 여행을 많이 했습니다.

③ 친구와 바다에 놀러 갔습니다.

④ 다음 주에 여행을 하려고 합니다.

2.

> 제 취미는 사진을 찍는 것입니다. 그래서 주말마다 여기저기에 가서 사진을 찍습니다. 어제는 공원에서 꽃과 나무를 많이 찍었습니다.

① 저는 다음 주에도 사진을 찍으러 갑니다.

② 이번 주말에도 꽃과 나무를 찍을 겁니다.

③ 주말마다 꽃하고 나무를 찍습니다.

④ 다음 주에도 공원에 가려고 합니다.

3.

저는 미국 친구가 한 명 있습니다. 그 친구는 한국에 온 지 삼 년이 되었습니다. 우리는 일주일에 한 번 만나서 언어 교환을 합니다.

① 저는 친구를 만나러 미국에 갑니다.
② 우리는 한국어를 가르칩니다.
③ 그 친구는 삼 년 전에 한국에 왔습니다.
④ 우리는 매일 만나서 언어 교환을 합니다.

4.

저는 저녁에 친구와 만나기로 했습니다. 그런데 버스를 잘못 타서 약속 시간에 많이 늦었습니다. 친구가 저에게 화를 냈습니다.

① 저는 버스를 타지 못했습니다.
② 저는 친구한테 화를 냈습니다.
③ 저는 약속 시간에 늦게 도착했습니다.
④ 저는 친구를 못 만났습니다.

5.

저는 금요일마다 저녁 식사를 하고 공원에 갑니다. 공원에서 산책을 하고 운동을 합니다. 그리고 집에 와서 물을 마십니다.

① 저는 매주 금요일에 운동을 합니다.
② 저는 산책을 하고 공원에 갑니다.
③ 저는 운동을 하고 저녁을 먹습니다.
④ 저는 운동 전에 물을 마십니다.

6.

> 　지난주 수요일은 제 생일이었습니다. 친구가 모자를 사서 저에게 선물했습니다. 그 모자가 예뻐서 아주 좋습니다.

① 저는 다음 주에 생일입니다.
② 친구가 모자를 만들었습니다.
③ 저는 친구에게 선물을 주었습니다.
④ 저는 친구의 선물이 마음에 듭니다.

7.

> 　어제는 친구의 생일이었습니다. 그래서 저는 친구를 만나서 같이 밥을 먹고 선물도 주었습니다. 친구가 정말 기뻐했습니다.

① 저는 친구에게 생일 선물을 줬습니다.
② 저는 오늘 생일이었습니다.
③ 저는 밥을 먹고 친구를 만났습니다.
④ 저는 친구와 밥을 먹어서 기뻤습니다.

8.

> 　오늘 저는 엄마와 미술관에 갔습니다. 거기에는 그림을 구경하는 사람들이 많이 있었습니다. 우리도 재미있게 그림을 구경했습니다.

① 저는 자주 미술관에 갑니다.
② 저는 오늘 미술관에 가서 그림을 봤습니다.
③ 저는 미술관에 혼자 갔습니다.
④ 저는 미술관에서 엄마를 만났습니다.

（解答請見P191）

• **실력을 테스트해 보세요.**

試著測試實力吧！

다음의 내용과 같은 것을 고르십시오.

1.

> 저는 수영을 못해서 요즘 수영을 배웁니다. 수영하는 것은 정말 재미있습니다. 그래서 수영장이 멀지만 매일 수영하러 갑니다.

① 수영장은 좀 가깝습니다.

② 저는 수영 배우는 것이 싫습니다.

③ 저는 수영장에 날마다 갑니다.

④ 저는 수영을 배울 겁니다.

2.

> 저는 이틀에 한 번씩 운동을 합니다. 집에서 할 때도 있고 공원에서 할 때도 있습니다. 매번 한 시간씩 운동을 합니다.

① 저는 매일 운동합니다.

② 저는 공원에서만 운동합니다.

③ 저는 한 번에 한 시간씩 운동합니다.

④ 저는 일주일에 두 번씩 운동합니다.

3.

제 친구가 다음 달에 한국에 올 겁니다. 제 친구는 지금 타이완에 삽니다. 그 친구는 한국 사람입니다.

① 제 친구가 다음 주에 타이완에 갈 겁니다.

② 제 친구는 타이완 사람입니다.

③ 제 친구가 타이완에 올 겁니다.

④ 제 친구가 타이완에서 올 겁니다.

4.

어제 오후에 박물관에 갔습니다. 그런데 박물관이 열두 시까지만 했습니다. 그래서 구경을 못 했습니다.

① 어제 박물관에 가서 구경하고 싶었습니다.

② 어제 박물관이 안 열었습니다.

③ 어제 박물관에 안 갔습니다.

④ 어제 박물관이 열두 시부터 했습니다.

# MEMO

# TYPE 5

## 選短文主題題

**題型介紹**
- 此題型為3~4個句子組成的短文，每題2分或3分，共3題。
- 為選擇「文章主題」的題目。

**• 단어와 중국어 해석을 보지 말고 아래의 글을 해석해 보세요.**

請試著不看單字與中文解析來分析下列文章。

中文解釋

1.

> 저는 혼자 산책하는 것을 좋아합니다. 매일 아침에 한 시간 정도 공원을 걷습니다. 산책하면 운동도 되고 여러 가지 생각도 할 수 있어서 좋습니다.

我喜歡一個人散步。

每天早上在公園大約走一個小時。

散步可以當作運動，又可以思考許多事情，所以我喜歡。

**單字**

혼자 獨自｜산책하다 散步｜매일 每日｜걷다 走｜운동이 되다 有運動效果｜여러 가지 各種｜생각을 하다 思考

**文法與句型**

V-는 것을 좋아하다【句型】意思為「喜歡V」。
N（時間）정도【句型】意思為「N左右；大概N」。
V／A-(으)면【連結語尾】表假定、條件。意思為「若V／A」。

2.

> 비를 싫어하는 사람이 많습니다. 그렇지만 저는 비가 내리는 날이 좋습니다. 비가 내리면 공기가 맑아지기 때문입니다.

有很多人討厭雨。

儘管如此我卻喜歡下雨的日子。

因為下雨的話，空氣會變得清新。

**單字**

싫어하다 不喜歡｜많다 多｜그렇지만 儘管如此；然而｜비가 내리다 下雨｜공기 空氣｜맑다 清新

**文法與句型**

V／A-(으)면【連結語尾】表假定、條件。意思為「若V／A」。
V／A-기 때문이다【句型】表原因。意思為「因為V／A；因V／A的緣故」。
A-아／어지다【句型】表變化。意思為「變A」。

3.

> 저는 자기 전에 일기를 씁니다. 일기에 오늘 하루 동안 고마운 일들을 씁니다. 이렇게 하면 매일 더 즐겁게 보낼 수 있습니다.

我都在睡覺前寫日記。

在日記裡寫下今天一天當中一些值得感謝的事情。

如此一來，每天都可以過得更快樂。

**單字**

자다 睡 | 일기 日記 | 쓰다 寫 | 하루 一天 | 고마운 일 感謝的事 |
이렇게 如此 | 즐겁게 보내다 過得愉快

**文法與句型**

V-기 전에【句型】意思為「V之前」。
N（時間）동안【句型】意思為「在N期間」。
V-(으)ㄹ 수 있다【句型】表能力、可能性。意思為「能V；可以V」。

4.

> 저는 주말에 친구와 극장에 가려고 합니다. 같이 영화를 보려고 합니다. 식당에서 같이 저녁도 먹을 겁니다.

週末我要和朋友去電影院。

打算一起看電影。

也會在餐廳一起吃晚餐。

**單字**

주말 週末 | 극장 電影院；劇場

**文法與句型**

V-(으)려고 하다【句型】表意圖、目的。意思為「打算V」。
V-(으)ㄹ 것이다【句型】表計畫。意思為「將會V」。

5.

> 저는 올해 결혼을 합니다. 결혼을 하면 부산에서 살려고 합니다. 그래서 요즘 좋은 집을 찾고 있습니다.

我今年結婚。

結婚的話想住在釜山。

因此最近在找合適的房子。

**單字**

올해 今年 | 결혼을 하다 結婚 | 부산 釜山 | 살다 居住 | 그래서 因此 |
요즘 最近 | 좋은 집 好房子 | 찾다 尋找

**文法與句型**

V / A-(으)면【連結語尾】表假定、條件。意思為「若V / A」。
V-(으)려고 하다【句型】表目的、意圖。意思為「打算V」。
V-고 있다【句型】表現在進行。意思為「正在V」。

6.

> 우리 형은 어깨가 아주 넓습니다. 보통 옷 가게에는 형의 몸에 맞는 옷이 없습니다. 그래서 옷을 사는 것이 힘듭니다.

我哥哥的肩膀很寬。

一般的服飾店沒有適合哥哥穿的衣服。

因此很難買衣服。

### 單字

형 哥哥 | 어깨 肩膀 | 넓다 寬 | 보통 普通；普通的 | 몸 身體 | 맞다 合身 | 옷 衣服 | 힘들다 困難

### 文法與句型

N-에 맞다【句型】意思為「適合N」。
V-는 것이 힘들다【句型】意思為「很難V」。
N-의【冠形格助詞】表所屬。意思為「N的N」。

7.

> 다음 주부터 영화관에서 좋은 영화를 볼 수 있습니다. 그 영화에는 제가 좋아하는 배우도 나옵니다. 그래서 저는 오늘 미리 영화 표를 샀습니다.

從下週起可以在電影院觀賞到好電影。

我喜歡的演員也有演那部電影。

因此我今天事先買了電影票。

### 單字

다음 주 下週 | 영화관 電影院 | 배우 演員 | 나오다 演出 | 미리 提前 | 영화 표 電影票

### 文法與句型

V-(으)ㄹ 수 있다【句型】表能力、可能性。意思為「能V；可以V」。

8.

> 오늘 가게에서 주스를 하나 샀습니다. 주스가 아주 달고 맛있었습니다. 내일 또 사러 갈 겁니다.

今天在商店買了一瓶果汁。

果汁非常甜又好喝。

明天還要再去買。

### 單字

가게 商店 | 주스 果汁 | 하나 一；一個 | 달다 甜 | 내일 明天 | 또 又；再

### 文法與句型

V-(으)러 가다【句型】表移動目的。意思為「去V」。
V-(으)ㄹ 것이다【句型】表計畫。意思為「將會V」。

**• 함께 문제 유형을 이해해 봅시다.**

大家一起理解考題類型吧！

▶ 題型5：第46〜48題——選短文主題題

**解題技巧**

- 此題型要選出短文的「主題」，非找出細節內容，因此不需採取如題型4的作答方式。
- 策略上先看「選項」的主語，判斷主語是誰：通常短文與答案選項裡的主語是一致的。
- 接著快速閱讀短文內容，綜合判斷選項的主語想說的重點：通常為話者的心願、意願、計劃、個人感受／喜好等。
- 答案選項裡常出現表示說話者「希望」、「意志」、「個人感受／喜好」的句型，如句型「-고 싶다」（想〜）、「-(으)ㄹ 것이다」（將會〜）、「-(으)려고 하다」（打算〜）、「좋아하다」（喜歡）或「힘들다, 어렵다」（很難）等。

**[46~48] 다음을 읽고 중심 생각을 고르십시오. (각 2점)**

請閱讀下文，並選出短文的主題。（各2分）

46.

> 우리 오빠는 미국 대학교에서 학생들을 가르칩니다. 이번 주 토요일에 오빠가 한국에 올 겁니다. 빨리 토요일이 오면 좋겠습니다.
>
> 我哥哥在美國大學教學生。這個星期六哥哥會回韓國。我希望星期六趕快到來。

① 저는 미국에서 살고 싶습니다. 我想在美國生活。

② 저는 오빠를 빨리 보고 싶습니다. 我想趕快見到哥哥。

③ 저는 토요일에 집에 가고 싶습니다. 我星期六想回家。

④ 저는 오빠 대학교에서 공부하고 싶습니다. 我想在哥哥的大學學習。

（1）選項的主語： 我

（2）快速閱讀短文內容

　　第一句：우리 오빠 ― 미국 대학교 ― 학생 ― 가르칩……

　　　　　　我哥哥 ― 美國大學 ― 學生 ― 教

　　第二句：이번 주 토요일 ― 오빠 ― 한국 ― 올 겁……

　　　　　　這星期六 ― 哥哥 ― 韓國 ― 會來

　　第三句：빨리 ― 토요일 ― 오면 좋겠……

　　　　　　很快 ― 星期六 ― 希望來……

（3）選項中的主語「我」想說什麼？

　　說話者在表達自己的心願，即「我希望星期六快來」，藉此句可類推說話者「很想快見到哥哥」。

①文章中未提到話者想住在美國。（×）

②話者希望星期六趕快到來，因為星期六哥哥會回家，看上下文可以判斷話者很想和哥哥見面，因此該選項為答案。（○）

③星期六哥哥會回家，不是話者想回家。（×）

④文章中未提到話者想在哥哥的大學學習。（×）

答案：②

（解答請見P191）

• **유형을 이해했나요? 그러면 아래의 문제를 풀어 보세요.**

理解題型了嗎？那麼請試著解答下列問題。

다음을 읽고 중심 생각을 고르십시오.

1.

> 저는 혼자 산책하는 것을 좋아합니다. 매일 아침에 한 시간 정도 공원을 걷습니다. 산책하면 운동도 되고 여러 생각도 할 수 있어서 좋습니다.

① 저는 한 시간 동안 공원에서 산책을 해야 합니다.

② 저는 운동과 생각을 할 수 있어서 산책이 좋습니다.

③ 혼자 산책을 하면 건강해질 수 있습니다.

④ 산책은 아침에 하는 것이 가장 좋습니다.

2.

> 비를 싫어하는 사람이 많습니다. 그렇지만 저는 비가 내리는 날이 좋습니다. 비가 내리면 공기가 맑아지기 때문입니다.

① 많은 사람들이 비를 싫어합니다.

② 비가 안 오면 공기가 나쁩니다.

③ 사람들이 비를 싫어하고 공기를 좋아합니다.

④ 비가 오면 공기가 좋아져서 좋습니다.

3.

> 저는 자기 전에 일기를 씁니다. 일기에 오늘 하루 동안 고마운 일들을 씁니다. 이렇게 하면 매일 더 즐겁게 보낼 수 있습니다.

① 저는 일기에 오늘 하루 동안 기쁜 일을 씁니다.
② 저는 매일 자기 전에 기쁜 일들을 씁니다.
③ 매일 즐거워서 일기를 씁니다.
④ 일기에 고마운 일들을 쓰면 기쁜 날을 보낼 수 있습니다.

4.

> 저는 주말에 친구와 극장에 가려고 합니다. 같이 영화를 보려고 합니다. 식당에서 같이 저녁도 먹을 겁니다.

① 저는 극장에서 영화를 보고 싶습니다.
② 저는 친구와 저녁을 먹으러 갈 겁니다.
③ 저는 친구와 영화 이야기를 할 겁니다.
④ 저는 친구와 함께 주말을 보내고 싶습니다.

5.

> 저는 올해 결혼을 합니다. 결혼을 하면 부산에서 살려고 합니다. 그래서 요즘 좋은 집을 찾고 있습니다.

① 저는 부산에서 살고 싶습니다.
② 저는 좋은 사람을 만나고 싶습니다.
③ 저는 결혼 후에 좋은 집에서 살고 싶습니다.
④ 저는 올해 결혼을 하고 싶습니다.

6.

> 우리 형은 어깨가 아주 넓습니다. 보통 옷 가게에는 형 몸에 맞는 옷이 없습니다. 그래서 옷을 사는 것이 힘듭니다.

① 우리 형은 조금 큰 옷을 좋아합니다.
② 우리 형은 옷이 작아서 불편합니다.
③ 우리 형은 가게에 옷을 사러 갈 겁니다.
④ 우리 형은 어깨가 넓어서 옷을 사기가 어렵습니다.

7.

> 다음 주부터 영화관에서 좋은 영화를 볼 수 있습니다. 그 영화에는 제가 좋아하는 배우도 나옵니다. 그래서 저는 오늘 미리 영화 표를 샀습니다.

① 저는 오늘 영화관에 갔습니다.
② 저는 영화관에 자주 갑니다.
③ 저는 영화를 기다리고 있습니다.
④ 저는 그 영화 표를 살 겁니다.

8.

> 오늘 가게에서 주스를 하나 샀습니다. 주스가 아주 달고 맛있었습니다. 내일 또 사러 갈 겁니다.

① 저는 오늘 주스를 사야 합니다.
② 저는 맛이 단 음식을 자주 먹습니다.
③ 저는 오늘 산 주스가 마음에 듭니다.
④ 저는 그 가게에 자주 갈 겁니다.

（解答請見P191）

• **실력을 테스트해 보세요.**

試著測試實力吧！

다음을 읽고 중심 생각을 고르십시오.

1.

> 저는 그림을 잘 못 그립니다. 그런데 제 동생은 그림을 아주 잘 그립니다. 저도 동생처럼 그림을 잘 그리면 좋겠습니다.

① 저는 그림을 잘 그리고 싶습니다.

② 저는 제 동생이 그린 그림을 좋아합니다.

③ 저는 동생을 그릴 겁니다.

④ 저는 동생과 같이 그림을 그렸습니다.

2.

> 한국어를 공부하는 것은 쉽지 않습니다. 하지만 저는 매일 드라마를 보면서 한국어를 공부합니다. 앞으로 한국어를 더 잘하고 싶습니다.

① 한국어를 더 잘했으면 좋겠습니다.

② 한국어는 어렵습니다.

③ 저는 한국어를 잘합니다.

④ 저는 매일 텔레비전을 봅니다.

3.

> 한국에는 산이 많습니다. 그래서 저는 등산하는 것을 좋아합니다. 지난 주말에도 산에 갔다 왔습니다.

① 저는 주말마다 산에 갑니다.
② 저는 한국 산을 좋아합니다.
③ 지난 주말에 산에 갔습니다.
④ 등산하는 것이 제 취미입니다.

4.

> 우리 학교는 참 예쁩니다. 봄이 되면 꽃도 많이 피고 아름답습니다. 그래서 봄에 관광객들이 많이 찾아옵니다.

① 우리 학교에는 꽃이 많이 핍니다.
② 봄에는 꽃이 항상 많이 핍니다.
③ 우리 학교는 아름다워서 유명합니다.
④ 우리 학교에는 관광객들이 언제나 많습니다.

# MEMO

# 填空＋選一致內容題（一）

**題型介紹**

· 此題型為5～7個句子組成的文章，每題2分，共2題。
· 內容大多以介紹說話者自己或周邊的人、事、物為主。
· 為一篇文章，需回答2個題目：
第49題：括號填空——從選項中選出可以填入括號中的動詞或形容詞的「冠形詞形」、「連結形」或「合乎文章脈絡的句子」（2分）。
第50題：選出與文章內容一致的選項（2分）。

· 단어와 중국어 해석을 보지 말고 아래의 글을 해석해 보세요.
請試著不看單字與中文解析來分析下列文章。

**中文解釋**

1.

> 여름에는 사람들이 차갑거나 시원한 음식을 많이 찾습니다. 그래서 여름에는 냉면이 인기가 많습니다. 하지만 한국 사람들은 여름에 뜨거운 음식도 먹습니다. 이런 음식을 먹으면 땀이 나지만 더 시원해집니다. 그렇기 때문에 삼계탕이 여름에 더욱 인기가 많습니다.

夏天時，人們經常找冰冷的或清涼的食物。所以夏天冷麵很受歡迎。

可是韓國人在夏天也吃熱食。

吃了這類食物雖然會出汗，反而覺得更爽快。因此參雞湯在夏天更受歡迎。

**單字**

차갑다 冰涼 | 시원하다 涼 | 찾다 尋找 | 냉면 冷麵 | 인기가 많다 很受歡迎 | 하지만 可是；然而 | 뜨겁다 熱；燙 | 이런 這樣的 | 땀이 나다 出汗 | 시원해지다 變涼 | 그렇기 때문에 因此 | 더욱 更 | 삼계탕 參雞湯

**文法與句型**

V / A-거나【連結語尾】表選擇。意思為「V / A或……」。
V / A-지만【連結語尾】表轉折。意思為「雖然V / A，但……」。

〈생각해 봅시다 思考一下〉

· 여름에 냉면이 왜 인기가 많습니까？
為什麼在夏天冷麵大受歡迎？
· 한국에서는 삼계탕이 여름에 왜 더욱 인기가 많습니까？
在韓國參雞湯為什麼夏天反而更受歡迎？

2.

> 우리 언니는 요리하는 것을 좋아합니다. 텔레비전에서 맛있는 음식을 보면 바로 요리를 해서 가족이나 친구들과 함께 먹습니다. 언니가 만든 음식은 모두 맛이 좋습니다. 언니는 어제 저녁에 닭갈비를 만들었습니다. 닭갈비는 조금 맵지만 아주 맛있었습니다.

**單字**

요리하다 做菜 | 바로 馬上;立刻 | 요리를 하다 做菜 | 함께 一起 |
맛이 좋다 美味;味道好 | 맵다 辣 | 맛있다 好吃 | 닭갈비 辣炒雞排

**文法與句型**

V-는 것을 좋아하다【句型】意思為「喜歡V」。
V / A-(으)면【連結語尾】表假定、條件。意思為「若V / A……」。
N1-(이)나 N2【接續助詞】表選擇。意思為「N1或者N2」。

〈생각해 봅시다 思考一下〉

• 이 사람의 언니는 무슨 취미가 있습니까?
  這個人的姊姊有什麼樣的興趣?

• 닭갈비는 맛이 어떻습니까?
  辣炒雞排的味道怎樣?

我姊姊喜歡烹飪。

如果在電視上看到好吃的食物,馬上做菜後和家人或朋友一起吃。

姊姊做的菜全部都美味。

姊姊昨天晚上做了辣炒雞排。

辣炒雞排有點辣,但是非常好吃。

3.

저는 내일 시험을 봅니다. 그래서 오늘은 도서관에 가서 공부했습니다. 모르는 단어들을 외우고 문법도 정리했습니다. 그런데 그중에는 처음 보는 것 같은 단어와 문법이 많았습니다. 앞으로는 시험을 보기 전에 미리 공부해야겠습니다.

我明天要考試。

因此今天去圖書館念書了。

背不懂的單字，也整理了文法。

但是其中有許多似乎是第一次看到的單字和文法。以後考試之前要先用功才行。

### 單字

시험을 보다 應考 | 단어 單字 | 모르는 단어 不懂的單字 | 외우다 背 | 문법 文法 | 정리하다 整理 | 그 중에 其中 | 처음 第一次 | 앞으로 從此以後 | 미리 事先；提前

### 文法與句型

N（地點）-에 가서 V【句型】意思為「去到N（做）V」。
V-는 것 같다【句型】表推測。意思為「好像V」。
V / A-기 전에【句型】意思為「V / A之前」。
V-아 / 어야겠다【句型】表意志。意思為「應該要V」。

〈 생각해 봅시다　思考一下 〉

* 이 사람이 오늘 도서관에 왜 갔습니까 ?
  為什麼這個人今天去了圖書館 ?
* 이 사람이 도서관에서 무엇을 했습니까 ?
  這個人在圖書館做了什麼 ?

• **함께 문제 유형을 이해해 봅시다.**

　大家一起理解考題類型吧！

▶ 題型6：第49～50題──填空＋選一致內容題（一）

| 解題技巧 |

・首先，從第50題著手：

（1）先讀第50題的選項，猜測本文大概提到了哪些內容，再看文章內容。

（2）文章的第一句話通常為主題，而後句為其主題的延伸說明。

（3）把握第一句內容後，找出每句的關鍵字，以找出脈絡的方式閱讀。

・解答第49題需要熟記的文法如下：

（1）冠形詞形

| | 過去 | 現在 | 未來 |
|---|---|---|---|
| 動詞 | -(으)ㄴ | -는 | -(으)ㄹ |
| 形容詞 | | -(으)ㄴ | -(으)ㄹ |

（2）連結形

① -고：表順序（～之後）

② -아 / 어서：表接續、原因（因為～）

③ -(으)면：表假設、條件（～的話）

④ -게：把形容詞副詞化（～地）

**[49~50] 다음을 읽고 물음에 답하십시오. (각 2점)**

請閱讀下文，並回答問題。（各2分）

---

우리 학교 3층에는 영화를 보는 방, 게임을 하는 방, 친구들과 이야기하는 방이 있습니다. 이 방들은 점심시간에만 문을 엽니다. 우리 학교 학생들은 이곳을 좋아합니다. 이 방에 가고 싶은 사람들은 (   ㉠   ) 바로 3층으로 갑니다. 식사 후에 짧은 시간 동안 하고 싶은 것을 할 수 있기 때문입니다.

我們學校3樓有看電影的房間、玩電動的房間、跟朋友聊天的房間。這些房間只有在午餐時間開放。我們學校的學生喜歡這地方。想要去這房間的人（   ㉠   ）就會馬上到3樓去。因為吃完飯後可以在短暫的時間做想做的事。

---

49. ㉠에 들어갈 알맞은 말을 고르십시오.

請選擇適合填入㉠的話。

① 영화를 보고 看電影後

② 게임을 하고 玩電動後

③ 친구와 이야기를 하고 和朋友聊天後

④ 밥을 먹고 吃飯後

50. 이 글의 내용과 같은 것을 고르십시오.

請選擇與此文章內容一致的選項。

① 우리 학교 식당은 3층에 있습니다. 我們學校餐廳在3樓。

② 우리 학교에서는 게임을 할 수 없습니다. 在我們學校不可以玩電動。

③ 우리 학교 3층에 있는 방은 인기가 많습니다. 在我們學校3樓的房間很受歡迎。

④ 우리 학교 학생들은 저녁에 3층에서 영화를 봅니다. 我們學校的學生晚上會到3樓看電影。

（1）第50題：要找出與文章內容一致的選項。

關鍵字：

選項①：학교 식당 — 3층

學校餐廳 — 3樓

選項②：학교 — 게임

學校 — 遊戲

選項③：학교 3층 방 — 인기

學校3樓房間 — 受歡迎

選項④：학교 학생 — 저녁 — 3층 — 영화

學校學生 — 晚餐 — 3樓 — 電影

→ 從此可以猜測此文章內容可能與各種不同空間和一些活動有關。

（2）快速閱讀內文：

我們學校3樓有看電影的房間、玩電動的房間、跟朋友聊天的房間

→ 只在中午時間開放

→ 學校的學生喜歡這裡

→ 因為餐後的短暫時間可做想做的事

（3）第49題：要找出合適的動詞連結形。

→ 所以想去的人什麼時候可以去？

49.

①這房間因為只在中午時間開放，與看電影後去無關。（×）

②這房間因為只在中午時間開放，與玩電動後去無關。（×）

③這房間因為只在中午時間開放，與和朋友聊天後去無關。（×）

④這房間因為只在中午時間開放，可以吃完飯後去。（○）

答案：④

50.

①文章中只提到吃飯，沒提到學校有餐廳。（×）

②學校3樓有玩電動的地方，表示可以玩電動。（×）

③學校的學生喜歡這裡，可見這裡是很受歡迎的。（○）

④3樓有看電影的房間可看電影，但只在中午時間開放。（×）

答案：③

（解答請見P191）

• 유형을 이해했나요? 그러면 아래의 문제를 풀어 보세요.

　理解題型了嗎？那麼請試著解答下列問題。

다음을 읽고 물음에 답하십시오.

---

여름에는 사람들이 (　　㉠　　) 시원한 음식을 많이 찾습니다. 그래서 여름에는 냉면이 인기가 많습니다. 하지만 한국 사람들은 여름에 뜨거운 음식도 먹습니다. 이런 음식을 먹으면 땀이 나지만 더 시원해집니다. 그렇기 때문에 삼계탕이 여름에 더욱 인기가 많습니다.

---

1. ㉠에 들어갈 알맞은 말을 고르십시오.

　① 차가운　　　　　　　② 차갑지만

　③ 차갑지　　　　　　　④ 차갑거나

2. 이 글의 내용과 같은 것을 고르십시오.

　① 한국에서는 냉면이 가장 인기 있습니다.

　② 삼계탕은 여름에만 먹는 음식입니다.

　③ 한국 사람들은 여름에도 삼계탕을 먹습니다.

　④ 한국 사람들은 여름에 뜨거운 음식만 먹습니다.

---

우리 언니는 요리하는 것을 좋아합니다. 텔레비전에서 맛있는 음식을 보면 바로 (　　㉠　　) 가족이나 친구들과 함께 먹습니다. 언니가 만든 음식은 모두 맛이 좋습니다. 언니는 어제 저녁에 닭갈비를 만들었습니다. 닭갈비는 조금 맵지만 아주 맛있었습니다.

---

3. ㉠에 들어갈 알맞은 말을 고르십시오.

　① 식당에 가서

　② 요리를 해서

　③ 밥을 먹어서

　④ 식사를 해서

4. 이 글의 내용과 같은 것을 고르십시오.

　① 우리 언니는 음식을 잘 만듭니다.

　② 저는 오늘 닭갈비를 먹었습니다.

　③ 우리 언니는 텔레비전에 나옵니다.

　④ 닭갈비는 맵지 않았습니다.

　　저는 내일 시험을 봅니다. 그래서 오늘은 도서관에 가서 공부했습니다. 모르는 단어들을 외우고 문법도 정리했습니다. 그런데 그 중에는 처음 보는 것 같은 단어와 문법이 많았습니다. 앞으로는 시험을 ( 　㉠　 ) 미리 공부해야겠습니다.

5. ㉠에 들어갈 알맞은 말을 고르십시오.

　① 보기 전에

　② 하기 전에

　③ 정리하기 전에

　④ 필요하기 전에

6. 이 글의 내용과 같은 것을 고르십시오.

　① 시험에 단어와 문법이 많이 나왔습니다.

　② 저는 오늘 시험을 봤습니다.

　③ 저는 모르는 단어를 공부했습니다.

　④ 도서관에 처음 보는 것 같은 사람이 있습니다.

**• 실력을 테스트해 보세요.**

試著測試實力吧！

다음을 읽고 물음에 답하십시오.

> 거북이 마라톤 대회가 15일 오전 7시에 한강시민공원에서 ( ㉠ ). 이 행사에서는 여러 연예인들이 시민들과 함께 한강시민공원 6km를 걸으면서 쓰레기 줍기 활동을 하게 됩니다. 행사 후 참여한 시민 100분에게 자전거, 가전 제품 등의 선물을 드립니다. 시민 여러분의 많은 참여를 바랍니다.

1. ㉠ 에 들어갈 알맞은 말을 고르십시오.

① 걷습니다

② 됩니다

③ 생깁니다

④ 열립니다

2. 이 글의 내용과 같은 것을 고르십시오.

① 거북이가 참여하는 대회입니다.

② 아침 일곱 시 반에 시작합니다.

③ 걷기도 하고 쓰레기도 줍는 행사입니다.

④ 참여한 사람 모두에게 선물을 드립니다.

# TYPE 7

## 填空＋選文章主題題

題型介紹

- 此題型為5〜7個句子組成的文章，每題2分或3分，共2題。
- 為一篇文章，需回答2個題目：
  第51題：括號填空（3分）。
  第52題：選擇與文章主題相符的選項（2分）。

- 단어와 중국어 해석을 보지 말고 아래의 글을 해석해 보세요.
  請試著不看單字與中文解析來分析下列文章。

1.

中文解釋

> 외국어를 공부하는 것은 쉽지 않습니다. 특히 말하기를 연습하는 것은 더욱 그렇습니다. 말하기는 혼자 연습하기 어렵기 때문입니다. 그래서 외국인 친구를 사귀는 것이 중요합니다. 외국인 친구와 함께 이야기를 하면 외국어 말하기를 공부할 때 도움이 많이 됩니다.

學習外語不容易。

尤其練習口說更是如此。

因為口說要獨自練習很難。

因此結交外國朋友很重要。

和外國朋友一起聊天，在學習外語口說時有很大的幫助。

單字

**외국어** 外語｜**쉽다** 容易｜**특히** 尤其｜**말하기** 口說｜**더욱** 更｜**그렇다** 如此｜**혼자** 獨自｜**연습하다** 練習｜**외국인** 外國人｜**사귀다** 結交；交往｜**함께** 一起｜**도움이 되다** 有幫助

文法與句型

V / A-지 않다【句型】表意志、單純否定。意思為「不V / A」。
V / A-기 때문이다【句型】表原因。意思為「因V / A的緣故」。
V-는 것이 중요하다【句型】意思為「V很重要」。
V / A-(으)ㄹ 때【句型】意思為「V / A的時候」。

〈생각해 봅시다 思考一下〉

- 외국어 말하기는 왜 연습하기 어렵습니까？
  外語口說為什麼很難練習？
- 외국어를 공부할 때 외국인 친구를 사귀는 것이 왜 중요합니까？
  學外語時結交外國朋友為什麼很重要？

2.

배를 타고 여러 도시로 여행을 떠나는 '크루즈 여행'이 있습니다. 크루즈 여행은 배에서 내린 후에 즐거운 시간을 보내고 다시 다음 도시로 가는 여행입니다. 첫 번째 도시에 도착하면 온천을 즐기고 맛있는 음식을 먹습니다. 다음 도시에서는 쇼핑을 합니다. 그리고 마지막 도시에서는 전통 공연을 관람합니다.

**單字**

배 船 | 타다 搭乘 | 여러 各種的;多數的 | 여행을 떠나다 去旅行 | 크루즈 郵輪 | 내리다 下車;下船 | 즐겁다 愉快 | 시간을 보내다 過時間 | 다시 再 | 다음 下一個 | 첫 번째 第一個 | 도착하다 到達 | 온천 溫泉 | 즐기다 享受 | 쇼핑을 하다 購物 | 마지막 最後 | 전통 傳統 | 공연 表演 | 관람하다 參觀

**文法與句型**

V-(으)ㄴ 후에【句型】意思為「V之後」。

〈생각해 봅시다 思考一下〉

- 크루즈 여행은 어떤 여행입니까 ?
  郵輪之旅是個什麼樣的旅行 ?
- 이 크루즈 여행에서는 첫 번째 도시에서 무엇을 합니까 ?
  在郵輪之旅的第一個城市做什麼 ?

有一種搭船到各城市旅遊的「郵輪之旅」。

郵輪之旅是下船之後度過愉快的時光,然後再到下一個城市的旅遊。

抵達第一個城市後,享受泡湯品嚐美食。

接著在下一個城市購物。

然後在最後一個城市觀賞傳統表演。

3.

소음에는 좋지 않은 것이 있지만 유용한 것도 있습니다. 빗소리, 바람 소리, 파도 소리 같은 소음은 오래 들으면 익숙해지고 마음이 편안해집니다. 그리고 어떤 일에 집중할 때 더욱 도움이 됩니다. 그래서 요즘에는 학교 도서관이 아니라 소음이 조금 있는 커피숍에 가서 공부하는 학생들이 많아지고 있습니다.

### 單字

소음 噪音 | 유용하다 有用 | 빗소리 雨聲 | 바람 風 | 소리 聲音 | 파도 海浪 | 오래 久 | 익숙해지다 熟悉；變習慣 | 마음 心 | 편안해지다 變得安穩 | 어떤 일 某事 | 집중하다 專心；專注 | 도움이 되다 有幫助 | 그래서 因此 | 많아지다 變多

### 文法與句型

A-아 / 어지다【句型】表變化。意思為「變得A」。
N-에 집중하다【句型】意思為「專注於N」。
N-이 / 가 아니라…【句型】意思為「不是N，而是……」。
V-고 있다【句型】表現在進行。意思為「正在V」。

〈생각해 봅시다　思考一下〉

• 빗소리 , 바람 소리 , 파도 소리 같은 소음들을 들으면 어떤 효과들이 있습니까 ?
  聽雨聲、風聲、海浪聲之類的噪音的話，會有什麼樣的效果？

• 요즘은 어떤 곳에 가서 공부하는 학생들이 많아지고 있습니까 ?
  最近不少學生到哪裡念書？

雖然噪音有不好的，但還是有有用的噪音。

諸如雨聲、風聲、海浪聲之類的噪音聽久了的話自然逐漸習慣，心情也就變得安穩。

而且，在專注於某件事情時，更是有其助益。

因此，最近不去學校的圖書館，而去有點噪音咖啡館念書的學生變多了。

• **함께 문제 유형을 이해해 봅시다.**

大家一起理解考題類型吧！

▶ 題型7：第51～52題——填空＋選文章主題題

**解題技巧**

・首先，從第52題著手（第52題為選擇文章大意的題目）

（1）先看選項的名詞，猜測內文主題。

（2）接著快速看內文，以主要詞彙為主（如名詞、動詞、形容詞、副詞等）閱讀，以便確認文章內容。

・第51題為選擇適當的文法或詞彙的題目，其選項大致會有2種：

（1）全部的選項都具有同樣的語法結構

→ 此時須挑選合乎脈絡的詞彙

（2）全部的選項都含有同樣的詞彙

→ 此時須挑選合乎脈絡的語法

---

**[51~52] 다음을 읽고 물음에 답하십시오.**

請閱讀下文，並回答問題。

---

건강은 한번 나빠지면 다시 좋아지기 힘듭니다. 그래서 건강이 나빠지기 전에 건강을 지켜야 합니다. 건강에 좋은 음식을 (　　㉠　　) 자주 운동을 하면 건강에 좋습니다. 그리고 스트레스를 많이 받지 않는 것이 좋습니다. 하지만 몸이 피곤할 때는 잠을 자거나 쉬는 것이 제일 좋습니다.

健康一旦變差，就很難再變好。因此在健康變差之前，需要守護健康。（　　㉠　　）對健康好的食物（　　㉠　　）經常做運動，有助於健康。另外，最好不要受到太大的壓力。然而，當身體疲累時，最好睡覺或休息。

---

51. ㉠에 들어갈 알맞은 말을 고르십시오. (3점)

請選擇適合填入㉠的話。（3分）

① 먹지만 雖然吃　　　　　　② 먹거나 或者吃

③ 먹는데 雖然吃　　　　　　④ 먹으면 如果吃

52. 무엇에 대한 이야기인지 맞는 것을 고르십시오. (2점)

是關於什麼的敘述，請選擇正確的選項。（2分）

① 건강에 좋은 음식  對健康好的食物

② 건강이 나빠지는 이유  健康變差的原因

③ 운동을 하는 시간  做運動的時間

④ 건강을 지키는 방법  守護健康的方法

**Key Point!**

（1）先看第52題的選項裡出現的名詞：

　　건강 健康、음식 食物、운동 運動、방법 方法

　　→ 該選項裡出現「健康」、「食物」、「運動」、「方法」等字眼，可推測主題是與健康有關。

（2）接著快速閱讀內文（以主要詞彙為主）：

　　健康：健康變差就很難變好、健康變壞前守護健康

　　食物、運動：要吃健康的食物、做運動

　　壓力：最好不要受太多

　　疲勞：身體累的時候，睡覺、休息最好

　　→ 從此可以推測該文章大意為「守護健康的方法」。

51. 此題全部的選項裡皆出現「吃」，於是得思考哪一種語法合乎脈絡。

①「雖然吃」對健康好的食物，做運動，有助於健康，不符。（×）

②「或者吃」對健康好的食物，做運動，有助於健康，該句子連接合乎邏輯。（○）

③「雖然吃」對健康好的食物，做運動，有助於健康，不符。（×）

④「如果吃」對健康好的食物，做運動，有助於健康，這種句子連接多餘，只需要使用一次「-(으)면」（如果）就好。（×）

答案：②

52.

①文章裡未提及對健康好的食物名稱。（×）

②文章裡僅介紹守護健康的方法，而未提及健康變差的原因。（×）

③文章裡未提及任何與時間有關的敘述。（×）

④文章裡提供守護健康的各種方法。（○）

答案：④

（解答請見P192）

- **유형을 이해했나요? 그러면 아래의 문제를 풀어 보세요.**

  理解題型了嗎？那麼請試著解答下列問題。

다음을 읽고 물음에 답하십시오.

> 외국어를 공부하는 것은 쉽지 않습니다. 특히 말하기를 연습하는 것은 더욱 그렇습니다. 말하기는 혼자 연습하기 어렵기 때문입니다. 그래서 외국인 친구를 (　　⊙　　) 중요합니다. 외국인 친구와 함께 이야기를 하면 외국어 말하기를 공부할 때 도움이 많이 됩니다.

1. ⊙에 들어갈 알맞은 말을 고르십시오.
   ① 사귀려고
   ② 사귀어서
   ③ 사귀고 싶어서
   ④ 사귀는 것이

2. 무엇에 대한 이야기인지 맞는 것을 고르십시오.
   ① 외국인 친구를 사귈 때 중요한 것
   ② 외국인 친구와 이야기를 할 때 중요한 것
   ③ 외국어 말하기 실력을 늘리는 방법
   ④ 외국어 말하기를 할 때 중요한 것

배를 타고 여러 도시로 여행을 떠나는 '크루즈 여행'이 있습니다. 크루즈 여행은 (      ㉠      ) 즐거운 시간을 보내고 다시 다음 도시로 가는 여행입니다. 첫 번째 도시에 도착하면 온천을 즐기고 맛있는 음식을 먹습니다. 다음 도시에서는 쇼핑을 합니다. 그리고 마지막 도시에서는 전통 공연을 관람합니다.

3. ㉠에 들어갈 알맞은 말을 고르십시오.

　① 배가 기다린 후에

　② 배가 건너간 후에

　③ 배에서 내린 후에

　④ 배에서 여행한 후에

4. 무엇에 대한 이야기인지 맞는 것을 고르십시오.

　① 배 안에서 볼 수 있는 것

　② 배를 다시 탈 수 있는 곳

　③ 크루즈 여행을 갈 수 있는 날

　④ 크루즈 여행에서 할 수 있는 일

소음에는 좋지 않은 것이 있지만 유용한 것도 있습니다. 빗소리, 바람 소리, 파도 소리 같은 소음은 오래 들으면 익숙해지고 마음이 편안해집니다. 그리고 어떤 일에 집중할 때 더욱 도움이 됩니다. 그래서 요즘에는 학교 도서관이 아니라 (      ㉠      ) 커피숍에 가서 공부하는 학생들이 많아지고 있습니다.

5. ㉠에 들어갈 말을 고르십시오.

　① 커피를 잘 만드는

　② 소음이 조금 있는

　③ 아주 유용한

　④ 소음이 없는

6. 무엇에 대한 이야기입니까?

　① 유용한 소음

　② 집중하는 방법

　③ 요즘 학생들

　④ 도서관과 커피숍의 차이

（解答請見P192）

- **실력을 테스트해 보세요.**

試著測試實力吧！

다음을 읽고 물음에 답하십시오.

> 콜라는 누구나 좋아하는 음료수입니다. 그런데 사람들은 콜라를 욕실을 청소할 때 사용하기도 합니다. 콜라는 자동차 유리를 ( ㉠ ) 쓸 수도 있습니다. 콜라를 사용하면 유리가 더 깨끗해집니다. 이렇게 우리는 콜라로 다양한 일을 할 수 있습니다.

1. ㉠에 들어갈 알맞은 말을 고르십시오.

① 닦고

② 닦으니까

③ 닦지만

④ 닦을 때

2. 무엇에 대한 이야기인지 맞는 것을 고르십시오.

① 내가 콜라를 마시는 이유

② 콜라로 할 수 있는 일들

③ 콜라의 맛과 냄새

④ 콜라를 좋아하는 사람들

# MEMO

# TYPE 8

## 填空＋選一致內容題（二）

題型介紹

- 此題型為5～7個句子組成的文章，每題2分或3分，共2題。
- 為一篇文章，需回答2個題目：
  第53題：括號填空——須從選項中找出適合填入括號的「動詞活用形」（如結合連結語尾、冠形詞形等）或「接續副詞」（2分）。
  第54題：選出與文章內容一致的選項（2分）。

- 단어와 중국어 해석을 보지 말고 아래의 글을 해석해 보세요.

  請試著不看單字與中文解析來分析下列文章。

中文解釋

1.

우리 학원은 한국어를 공부하고 싶어하는 사람들이 오는 곳입니다. 여기에서는 한국어와 한국의 문화를 배울 수 있습니다. 그리고 다양한 직업의 새로운 친구도 사귈 수 있습니다. 학생들 중에는 대학생과 직장인 그리고 가정주부 등 여러 사람들이 있기 때문입니다. 그러니까 재미있게 한국어도 공부하고 취미가 같은 친구들도 만나고 싶으면 우리 학원으로 오십시오.

우리 학원은 한국어를 공부하고 싶어하는 사람들이 오는 곳입니다. 여기에서는 한국어와 한국의 문화를 배울 수 있습니다. 그리고 다양한 직업의 새로운 친구도 사귈 수 있습니다. 학생들 중에는 대학생과 직장인 그리고 가정주부 등 여러 사람들이 있기 때문입니다. 그러니까 재미있게 한국어도 공부하고 취미가 같은 친구들도 만나고 싶으면 우리 학원으로 오십시오.

我們補習班是想學韓語的人會來的地方。

在這裡可以學習到韓語和韓國的文化。

而且還可以交到從事各種職業的新朋友。

因為學生當中有大學生和上班族以及家庭主婦等各階層的人。

因此如果想要快樂學韓語和又想結交趣味相投的朋友，請來我們的補習班。

單字

학원 補習班 | 문화 文化 | 배우다 學習 | 다양하다 多樣；很多種類 |
직업 職業 | 새롭다 全新 | 사귀다 交流；認識 | 직장인 上班族 |
가정주부 家庭主婦 | 그러니까 因此 | 취미 興趣；業餘活動 |
여러 各種；各類 | 재미있게 好玩地；有趣地

文法與句型

V-고 싶다【句型】表希望。意思為「想要V」。
V-는 곳【句型】意思為「V的地方」。
N 중에【句型】意思為「N當中」。
V / A-기 때문이다【句型】表原因。意思為「因V / A的緣故」。

- 이 학원에서는 어떤 것들을 배울 수 있습니까 ?
  在這間補習班可以學到哪些東西 ?
- 이 학원에서는 어떻게 다양한 친구들을 사귈 수 있습니까 ?
  在這補習班怎麼結交各式各樣的朋友 ?

2.

> 작년에 우리 집 근처에 재미있는 병원이 생겼습니다. 그 병원은 장난감 병원입니다. 이 병원에서는 고장난 장난감과 인형들을 수리해 줍니다. 장난감을 고쳐 주는 의사는 모두 회사나 학교를 은퇴하신 할아버지들입니다. 이 의사 선생님들은 어린이들을 위해 무료로 장난감을 고쳐 주십니다. 그래서 이 병원은 아이들이 가장 가기 좋아하는 곳이 되었습니다.

去年我家附近開了一家有趣的醫院。

那是一家玩具醫院。

這家醫院幫忙修理壞掉的玩具和玩偶。

修理玩具的醫生全部都是公司或學校退休的老爺爺。

這些醫生為孩子們免費修理玩具。

因此，這家醫院成了孩子們最喜歡去的地方。

### 單字

작년 去年 | 근처 附近 | 재미있다 好玩；有趣 | 생기다 產生；出現 |
장난감 玩具 | 고장나다 故障 | 인형 玩偶；人偶 | 수리하다 修理 |
고치다 修理 | 모두 全部；全部都 | 은퇴하다 退休 | 의사 선생님 醫生 |
가장 最 | 무료로 以免費

### 文法與句型

V-아 / 어 주다【句型】表幫忙。意思為「幫助V」。
V-기 좋아하다【句型】意思為「喜歡V」。
N-이 / 가 되다【句型】意思為「成為N」。

〈 생각해 봅시다　思考一下 〉

- 이 장난감 병원에서는 어떤 사람들이 장난감과 인형들을 수리해 줍니까 ?
  在這家玩具醫院內修理玩具和玩偶的人是什麼樣的人 ?
- 이 장난감 병원에서는 돈을 받습니까 ?
  這玩具醫院是收費的嗎 ?

3.

> 저는 한국어를 공부한 지 일 년이 되었습니다. 하지만 아직도 모르는 것이 많이 있습니다. 가끔 어려운 단어나 문장이 있을 때는 수업이 끝난 후에 선생님께 물어봅니다. 우리 선생님은 정말 친절하셔서 제가 물어볼 때마다 모르는 부분을 잘 설명해 주십니다. 선생님과 같이 한국어를 공부하는 것은 정말 재미있고 즐겁습니다.

我學韓語一年了。

但還是有許多不懂的地方。

偶爾遇到困難的單字或句子時，下課後就問老師。

因為我們老師真的親切，每當我發問的時候，都會把不懂的部分做詳細地說明。

和老師一起學韓語真的很有趣又愉快。

### 單字

하지만 然而 | 아직도 仍然 | 가끔 偶爾 | 어렵다 難 | 수업 課；課堂 | 끝나다 結束 | 물어보다 詢問 | 친절하다 親切 | 부분 部分 | 설명하다 說明 | 즐겁다 愉快

### 文法與句型

V-(으)ㄴ 지 N（時間）이／가 되다【句型】表做某行為經過N（時間）。
V／A-(으)ㄹ 때【句型】意思為「V／A的時候」。
V-(으)ㄴ 후【句型】意思為「V之後」。
N（某人）-께【敬語】表動作對象（「-에게」的敬語）。意思為「向N」。
V／A-(으)ㄹ 때마다【句型】意思為「每當V／A的時候」。
V／A-(으)시【敬語語尾】對文章主語的行為或狀態表恭敬。

〈생각해 봅시다　思考一下〉

- 이 사람은 한국어를 지금까지 얼마 동안 공부했습니까？
  這個人韓語學多久了？
- 이 사람은 언제 선생님께 모르는 것을 물어봅니까？
  這個人什麼時候把不懂的東西向老師提問？

• **함께 문제 유형을 이해해 봅시다.**

大家一起理解考題類型吧！

▶ 題型8：第53～54題——填空＋選一致內容題（二）

**解題技巧**
- 此題目與51、52題相比，架構大致相同，唯第54題與第52題不同，須選擇與內文一致的內容。
- 首先，從第54題著手（第54題須選擇與內文一致的內容）
  （1）從選項中找重複出現的關鍵字（名詞）。
  （2）接著再看其他主要詞性（如動詞、形容詞、副詞等），以便猜測內文大意與主題。
- 第53題為選擇適當的文法或詞彙的題目，其選項大致會有2種：
  （1）全部的選項都具有同樣的語法結構
    → 此時須挑選合乎脈絡的詞彙
  （2）全部的選項都含有同樣的詞彙
    → 此時須挑選合乎脈絡的語法

**[53~54] 다음을 읽고 물음에 답하십시오.**

請閱讀下文，並回答問題。

> 저는 서울에 온 지 6개월이 되었습니다. 가끔 고향 생각이 날 때는 남산에 올라가서 야경을 봅니다. 서울 시내는 （　　㉠　　） 야경이 아름답습니다. 그리고 남산에 갔다 오면 마음도 편해지고 기분도 좋아집니다.
>
> 我來首爾6個月了。偶爾想家的時候，會上南山去看夜景。首爾市區（　㉠　）夜景很美。還有，若去了一趟南山，心情會變得輕鬆又開心。

53. ㉠에 들어갈 알맞은 말을 고르십시오. (2점)

請選擇適合填入㉠的話。（2分）

① 복잡하면　擁擠的話，就……　　② 복잡해서　擁擠，所以……

③ 복잡하지만　擁擠，但是……　　④ 복잡하니까　擁擠，所以……

**54.** 이 글의 내용과 같은 것을 고르십시오. (3점)

請選擇與本文內容一致的選項。（3分）

① 남산에 가서 야경을 봅니다. 去南山看夜景。

② 고향 생각이 나면 남산을 봅니다. 如果想家，就看南山。

③ 남산에 가면 고향 생각이 납니다. 去南山的話，就會想到故鄉。

④ 저는 6개월 전에 남산에 갔습니다. 我6個月前去了南山。

**Key Point!**

（1）從第54題的選項中找出重複出現的關鍵字：남산 南山

　　→ 該文章裡不斷出現「南山」，可推測主題與南山有關。

（2）接著以重要詞彙為主快速閱讀內文：

　　首爾、6個月：我來首爾6個月了

　　故鄉、南山、夜景：想家的時候，上南山去看夜景

　　首爾市區、夜景：首爾市區（……）夜景很美

　　南山、心情：去了南山一趟，心情輕鬆又變好

　　→ 根據以上快速閱讀內容，從選項中找出與內文一致的內容。

**53.** 「서울 시내는 ( ㉠ ) 야경이 아름답습니다.」，於是需要思考「首爾市區『如何』，夜景很美？」。

①首爾市區「擁擠的話，就」夜景很美。不符。（×）

②首爾市區「擁擠，所以」夜景很美。不符。（×）

③首爾市區「擁擠，但是」夜景很美。合乎脈絡。（○）

④首爾市區「擁擠，所以」夜景很美。不符。（×）

答案：③

**54.**

①想家的時候，會去南山看夜景。（○）

②想家時，不是看南山，而是去南山看夜景。（×）

③是因為想家，所以才去南山看夜景。（×）

④已經來首爾6個月了，想家的時候就會去南山。（×）

答案：①

（解答請見P192）

• 유형을 이해했나요? 그러면 아래의 문제를 풀어 보세요.

理解題型了嗎？那麼請試著解答下列問題。

다음을 읽고 물음에 답하십시오.

> 우리 학원은 한국어를 공부하고 싶어하는 사람들이 오는 곳입니다. 여기에서는 한국어와 한국의 문화를 배울 수 있습니다. 그리고 다양한 직업의 새로운 친구도 사귈 수 있습니다. 학생들 중에는 대학생과 직장인 그리고 가정주부 등 여러 사람들이 ( ㉠ ). 그러니까 재미있게 한국어도 공부하고 취미가 같은 친구들도 만나고 싶으면 우리 학원으로 오십시오.

1. ㉠에 들어갈 알맞은 말을 고르십시오.

① 있기 때문입니다

② 왔기 때문입니다

③ 좋기 때문입니다

④ 사귀기 때문입니다

2. 이 글의 내용과 같은 것을 고르십시오.

① 우리 학원은 한국어만 가르칩니다.

② 우리 학원에는 다양한 사람들이 옵니다.

③ 사람들은 대부분 친구를 사귀려고 우리 학원에 옵니다.

④ 우리 학원은 대학생들만 다니는 곳입니다.

작년에 우리 집 근처에 재미있는 병원이 생겼습니다. 그 병원은 장난감 병원입니다. 이 병원에서는 (   ㉠   ) 장난감과 인형들을 수리해 줍니다. 장난감을 고쳐 주는 의사는 모두 회사나 학교를 은퇴하신 할아버지들입니다. 이 의사 선생님들은 어린이들을 위해 무료로 장난감을 고쳐 주십니다. 그래서 이 병원은 아이들이 가장 가기 좋아하는 곳이 되었습니다.

3. ㉠에 들어갈 알맞은 말을 고르십시오.

　① 고장난　　　② 멋있는　　　③ 비싼　　　④ 무거운

4. 이 글의 내용과 같은 것을 고르십시오.

　① 이 병원에서 장난감과 인형을 팝니다.

　② 어떤 의사들은 이전에 선생님이었습니다.

　③ 의사 선생님이 어린이들에게 무료로 장난감을 선물합니다.

　④ 대부분 아이들은 병원에 가기를 좋아합니다.

저는 한국어를 공부한 지 일 년이 되었습니다. 하지만 아직도 모르는 것이 많이 있습니다. 가끔 어려운 단어나 문장이 있을 때는 수업이 끝난 후에 선생님께 물어봅니다. 우리 선생님은 정말 (   ㉠   ) 제가 물어볼 때마다 모르는 부분을 잘 설명해 주십니다. 선생님과 같이 한국어를 공부하는 것은 정말 재미있고 즐겁습니다.

5. ㉠에 들어갈 알맞은 말을 고르십시오.

　① 친절하시면

　② 친절하셔서

　③ 친절하시지만

　④ 친절하시러

6. 이 글의 내용과 같은 것을 고르십시오.

　① 한국어 수업이 끝나고 나서 선생님에게 묻습니다.

　② 모르는 것이 있으면 선생님에게 설명합니다.

　③ 선생님에게 물어보면 모르는 것이 있습니다.

　④ 저는 일 년 전에 선생님에게 물어봤습니다.

（解答請見P192）

• **실력을 테스트해 보세요.**

試著測試實力吧！

다음을 읽고 물음에 답하십시오.

> 지난주 금요일에 친구들과 같이 야외 공연장에 갔습니다. 집에서 인터넷으로 공연을 본 적은 있지만 직접 공연장에 간 것은 처음이었습니다. 그곳에는 사람들이 정말 많았습니다. 우리는 공연을 보면서 가수와 같이 노래도 부르고 맛있는 음식도 먹었습니다. （ ㉠ ） 인터넷으로 공연을 보는 것보다 더 재미있었습니다.

1. ㉠에 들어갈 알맞은 말을 고르십시오.

    ① 집에서 인터넷을 하는 것이

    ② 공연장에 가서 공연을 보는 것이

    ③ 밖에서 노래를 부르는 것이

    ④ 맛있는 음식을 먹는 것이

2. 이 글의 내용과 같은 것을 고르십시오.

    ① 저는 지난주에 야외 공연장에 처음 가 봤습니다.

    ② 그 공연장에서는 노래를 부르면 안 됩니다.

    ③ 공연을 보러 온 사람들이 많이 없었습니다.

    ④ 공연을 보기 전에 음식을 먹었습니다.

# MEMO

# TYPE 9

## 填空＋選一致內容題（三）

**題型介紹**

- 此題型為5～7個句子組成的文章，每題2分或3分，共2題。
- 為一篇文章，需回答2個題目：
  第55題：括號填空（選擇正確的接續副詞）（2分）。
  第56題：選擇與文章內容一致的選項（2分）。

- 단어와 중국어 해석을 보지 말고 아래의 글을 해석해 보세요.
  請試著不看單字與中文解析來分析下列文章。

1.

> 한국에서는 결혼할 때 국수를 먹는 전통이 있습니다. 사람들은 국수를 먹으면서 신랑과 신부의 머리가 하얘질 때까지 오래오래 행복하게 살기를 바랍니다. 이것은 국수의 면이 길고 하얗기 때문입니다. 그래서 한국에서는 결혼을 준비하는 사람에게 "언제 국수를 먹을 수 있어요?"라고 물어봅니다. 이렇게 결혼식에서 먹는 국수에는 특별한 의미가 있습니다.

**單字**

**결혼하다** 結婚 | **국수** 麵條 | **전통** 傳統 | **신랑** 新郎 | **신부** 新娘 |
**머리** 頭；頭髮 | **하얘지다** 變白 | **오래오래** 久久 | **행복하게 살다** 幸福地生活
| **이것** 這個 | **면** 麵 | **길다** 長 | **하얗다** 白 | **결혼** 結婚 | **준비하다** 準備 |
**물어보다** 詢問 | **결혼식** 婚禮 | **특별하다** 特別 | **의미** 意義

**文法與句型**

V-(으)면서【連結語尾】表多項動作同時進行。意思為「V的同時；邊V邊V」。
V-기를 바라다【句型】表期望。意思為「祈願V」。

〈생각해 봅시다 思考一下〉

- 한국 사람들은 결혼식에서 왜 국수를 먹습니까?
  韓國人在婚宴時為什麼吃麵？

**中文解釋**

在韓國結婚時有個吃麵的傳統。

人們吃著麵條祝福新郎新娘幸福長久到白頭。

這是因為麵條長又白的關係。

所以在韓國會問正準備結婚的人「什麼時候請吃麵？」。

因此結婚典禮上吃的麵條裡存在著特別的意義。

• 한국에서는 결혼을 준비하는 사람에게 왜 "언제 국수를 먹을 수 있어요?" 라고 물어봅니까?

在韓國為什麼問正準備結婚的人「什麼時候請吃麵」?

2.

> 제가 어렸을 때 가족과 같이 집 근처에 있는 공원에 자주 갔습니다. 그런데 지금 사는 곳으로 이사를 한 후에는 그 공원에 가지 못했습니다. 어제는 오랜만에 그 공원에 다시 가 보고 정말 깜짝 놀랐습니다. 공원에는 많은 사람들이 다양한 거리 공연을 하고 있었습니다. 또 공연하는 곳 주변에는 그림을 그리는 화가들이 사람들의 얼굴을 그려 주고 있었습니다. 앞으로 자주 그곳에 가기로 했습니다.

### 單字

어렸을 때 小時候 | 근처 附近 | 그런데 然而 | 사는 곳 居住的地方 |
이사를 하다 搬家 | 다시 再 | 깜짝 놀라다 感到驚訝 | 다양하다 多樣的 |
거리 공연 街頭表演 | 공연하다 表演 | 주변 周邊 |
그림을 그리다 畫畫; 畫圖 | 화가 畫家 | 얼굴 臉 | 앞으로 從此以後

### 文法與句型

N(地點)-에 있는 N【句型】意思為「位於N的N」。
V-지 못하다【句型】表能力否定。意思為「無法V」。
오랜만에 V【句型】意思為「隔了很長時間之後才V」。
V-기로 하다【句型】表決定或約定。意思為「決定要V; 約定要V」。

〈생각해 봅시다 思考一下〉

• 이 사람이 그동안 왜 그 공원에 가지 못했습니까?
這個人為什麼有一段時間無法去公園?

• 그 공원에는 무엇을 하는 사람들이 있었습니까?
當時在那公園裡有做什麼事情的人?

我小時候經常和家人一起去住家附近的公園。

但是搬到現在住的地方之後就沒辦法去那個公園了。

昨天隔了那麼久再度去那個公園,真的非常令人驚訝。

公園裡有許多的人在做各式各樣的街頭表演。

而且表演場四周也有一些人在畫畫,在幫人家畫臉部素描。

我決定以後常常去那裡。

3.

> 저는 모자 쓰는 것을 좋아해서 모자를 여러 개 가지고 있습니다. 그래서 그때그때 다른 모자를 씁니다. 보통 친구를 만날 때는 요즘 유행하는 모자를 씁니다. 날씨가 많이 더울 때는 가볍고 시원한 모자를 쓰는 것을 좋아합니다. 그리고 예쁘게 보이고 싶을 때는 귀여운 느낌의 모자를 쓰기도 합니다.

### 單字

모자 帽子 | 쓰다 戴（帽子、眼鏡等）| 여러 各種 |
가지고 있다 持有；擁有 | 그때그때 每次；當那時 | 보통 平常 |
친구를 만나다 見朋友 | 요즘 最近 | 유행하다 流行 | 날씨 天氣 |
가볍다 輕 | 시원하다 涼快 | 예쁘게 보이다 看起來漂亮 | 귀엽다 可愛 |
느낌 感覺

### 文法與句型

V-는 것을 좋아하다【句型】意思為「喜歡V」。
V／A-기도 하다【句型】表承認也有某行為或狀態。意思為「也V／A；時而V／A」。

〈생각해 봅시다　思考一下〉

- 이 사람은 언제 유행하는 모자를 씁니까?
  這個人會在什麼時候戴流行的帽子？
- 이 사람은 언제 귀여운 느낌의 모자를 씁니까?
  這個人會在什麼時候戴可愛感覺的帽子？

我喜歡戴帽子，所以有好幾頂帽子。

因此會依當時情況戴上不同的帽子。

通常見朋友時就戴目前流行的帽子。

天氣熱時喜歡戴輕便涼爽的帽子。

還有想要看起來漂亮時，也會戴上有可愛感覺的帽子。

· **함께 문제 유형을 이해해 봅시다.**

大家一起理解考題類型吧！

▶ 題型9：第55～56題——填空＋選一致內容題（三）

| 解題技巧 | ·此題目架構是須選擇接續副詞與內文一致的內容。 |
|---|---|

· 此題目架構是須選擇接續副詞與內文一致的內容。
· 首先，從第56題著手（第56題須選擇與內文一致的內容）
　（1）從選項找出重複出現的關鍵字（名詞）。
　（2）接著再看其他主要詞性（如動詞、形容詞、副詞等），以便
　　　 猜測內文大意與主題。
· 解答第55題需要看括號前後的脈絡。
★需要熟記的接續副詞：
　（1）그리고（還有；而且）：並列、陳列、順序關係
　（2）그런데、그렇지만、하지만、그러나（但是；雖然）：轉折關係
　（3）그러면（那麼）：假設、條件關係
　（4）그래서、그러니까（所以；因此）：原因、理由關係

[55~56] 다음을 읽고 물음에 답하십시오.

　　　請閱讀下文，並回答問題。

　　김치는 종류가 많습니다. 보통 한국 사람들이 먹는 김치는 맵지만 백김치는 맵지 않습니다. 고춧가루를 넣지 않고 물과 소금으로 만들기 때문입니다. (　㉠　) 매운 것을 안 좋아하는 아이들이나 노인들도 먹을 수 있습니다. 또한 백김치는 여러 가지 채소로 만들 수 있기 때문에 맛도 좋고 건강에도 좋습니다.

　　泡菜有很多種類。平常韓國人吃的泡菜很辣，但是白泡菜不會辣。因為是不加辣椒粉，而用水與鹽巴做的。(　㉠　) 不敢吃辣的孩子們或者老人也可以吃。另外，因為白泡菜可以用很多種蔬菜做，味道也不錯，對健康也很好。

55. ㉠에 들어갈 알맞은 말을 고르십시오. (2점)

　　請選擇適合填入㉠的話。（2分）

　　① 그래서 所以　② 그리고 然後；還有　② 하지만 但是　④ 그런데 不過

56. 이글의 내용과 같은 것을 고르십시오. (3점)

請選擇與本文內容一致的選項。（3分）

① 김치는 맛이 모두 같습니다. 泡菜的味道都一樣。

② 일반 김치에는 물과 소금을 안 넣습니다. 一般泡菜裡不會放水與鹽巴。

③ 일반 김치는 맵지만 건강에 좋습니다. 一般泡菜雖然辣，但對健康好。

④ 백김치는 아이들이 먹기 좋습니다. 白泡菜很適合小朋友吃。。

**Key Point!**

（1）第56題選項中找出主要的關鍵字：

김치 泡菜、맛 味道、물과 소금 水與鹽巴、맵다 辣

→從此可以猜測內文與泡菜有關，有可能會提到泡菜的味道或做法。

（2）接著以重要詞彙為主快速閱讀內文：

泡菜種類多

韓國人吃的泡菜辣、白泡菜不辣

辣椒粉不放、水與鹽巴來製作

不喜歡吃辣的孩子跟老人可以吃

白泡菜很多種蔬菜來製作、味道好也健康

→根據以上快速閱讀內容，從選項中找出與內文一致的內容。

55. 前句內容為用水與鹽巴做的白泡菜都不辣；後句內容為不喜歡吃辣的孩子與老人也可以吃。可以知道括號位置最適合填入表示「因果關係」的副詞「그래서」（所以）。

答案：①

56.

①「韓國人吃的泡菜很辣，但是白泡菜不會辣」，所以可以說泡菜有不同種類的味道，不符。（×）

②內文中僅提到白泡菜裡會放水與鹽巴，並未提到一般泡菜裡不放什麼材料，不符。（×）

③內文最後提到的是白泡菜很健康，並未提到一般泡菜如何，不符。（×）

④內文中提到小朋友與老人也可以吃白泡菜。（○）

答案：④

（ 解答請見P192 ）

• **유형을 이해했나요? 그러면 아래의 문제를 풀어 보세요.**

理解題型了嗎？那麼請試著解答下列問題。

다음을 읽고 물음에 답하십시오.

> 한국에서는 결혼할 때 국수를 먹는 전통이 있습니다. 사람들은 국수를 먹으면서 신랑과 신부의 머리가 하얘질 때까지 오래오래 행복하게 살기를 바랍니다. 이것은 국수의 면이 길고 하얗기 때문입니다. (　　㉠　　) 한국에서는 결혼을 준비하는 사람에게 "언제 국수를 먹을 수 있어요?"라고 물어봅니다. 이렇게 결혼식에서 먹는 국수에는 특별한 의미가 있습니다.

1. ㉠에 들어갈 알맞은 말을 고르십시오.

　　① 그러면　　　　　　　　② 그런데

　　③ 그렇지만　　　　　　　④ 그래서

2. 이 글의 내용과 같은 것을 고르십시오

　　① 국수는 오래오래 행복한 결혼을 의미합니다.

　　② 신랑과 신부가 국수를 만들어야 합니다.

　　③ 국수를 먹으면 머리가 하얘집니다.

　　④ 국수를 먹으면 결혼을 준비할 수 있습니다.

제가 어렸을 때 가족과 같이 집 근처에 있는 공원에 자주 갔습니다. (     ㉠     ) 지금 사는 곳으로 이사를 한 후에는 그 공원에 가지 못했습니다. 어제는 오랜만에 그 공원에 다시 가 보고 정말 깜짝 놀랐습니다. 공원에는 많은 사람들이 다양한 거리 공연을 하고 있었습니다. 또 공연하는 곳 주변에는 그림을 그리는 화가들이 사람들의 얼굴을 그려 주고 있었습니다. 앞으로 자주 그곳에 가기로 했습니다.

3. ㉠에 들어갈 알맞은 말을 고르십시오.
　　① 그래서　　　　　　　　② 그리고
　　③ 그런데　　　　　　　　④ 그러니까

4. 이 글의 내용과 같은 것을 고르십시오.
　　① 저는 이제 공원에 자주 갈 겁니다.
　　② 그림을 보는 사람들이 많았습니다.
　　③ 이사를 가기 전에 공연장에 자주 갔습니다.
　　④ 전에는 사람들이 많아서 공연하기가 좋았습니다.

저는 모자 쓰는 것을 좋아해서 모자를 여러 개 가지고 있습니다. 그래서 그때그때 다른 모자를 씁니다. 보통 친구를 만날 때는 요즘 유행하는 모자를 씁니다. 날씨가 많이 더울 때는 가볍고 시원한 모자를 쓰는 것을 좋아합니다. (     ㉠     ) 예쁘게 보이고 싶을 때는 귀여운 느낌의 모자를 쓰기도 합니다.

5. ㉠에 들어갈 알맞은 말을 고르십시오.
　　① 그렇지만　　　　　　　② 그래서
　　③ 그러나　　　　　　　　④ 그리고

6. 이 글의 내용과 같은 것을 고르십시오.
　　① 저는 유행하는 모자를 많이 삽니다.
　　② 저는 날씨가 더우면 모자를 안 씁니다.
　　③ 저는 귀여운 모자를 가지고 있습니다.
　　④ 저는 친구를 만날 때 모자를 벗습니다.

（ 解答請見P192 ）

• **실력을 테스트해 보세요.**

試著測試實力吧！

다음을 읽고 물음에 답하십시오.

---

제 친구는 저에게 아주 소중한 사람입니다. 그 친구는 저보다 나이가 어리지만 아는 것도 많습니다. 그리고 생각도 깊어서 배울 점이 많습니다. 이전에 제가 여자 친구 때문에 고민을 할 때 좋은 말도 해 주고 많이 도와주었습니다. (       ㉠       ) 항상 그 친구에게 도움만 받아서 미안할 때가 가끔 있습니다. 저도 그 친구가 힘들 때 도움을 주고 싶습니다.

---

1. ㉠에 들어갈 알맞은 말을 고르십시오.

   ①그래서　　　　　　②그러니까

   ③그러면　　　　　　④그렇지만

2. 이 글의 내용과 같은 것을 고르십시오.

   ① 저는 친구보다 나이가 어립니다.

   ② 제 여자 친구가 고민을 할 때 제 친구가 많이 도와주었습니다.

   ③ 저도 제 친구에게 좋은 친구가 되고 싶습니다.

   ④ 저는 제 친구에게 도움을 많이 주었습니다.

# MEMO

TYPE **10**

# 排列順序題

## 題型介紹

· 此題為「排序題」，將選項（가）、（나）、（다）、（라）的4個句子，按照句子的邏輯重新排列。
· 每題佔2分或3分，共2題。

· 단어와 중국어 해석을 보지 말고 아래의 글을 해석해 보세요.
請試著不看單字與中文解析來分析下列文章。

中文解釋

1.

> 우리 동네 발전소 옆에는 수영장이 있습니다. 그 수영장은 발전소에서 나오는 열로 물을 따뜻하게 만듭니다. 그래서 거기에서는 겨울에도 수영을 하기 좋습니다. 저는 요즘 그 수영장에 매일 갑니다.

我們鎮內的發電廠旁邊有一家游泳池。

那家游泳池利用發電廠生產的熱能將水加熱。

所以那裡冬天時也適合游泳。

我最近每天都去那個游泳池。

### 單字

동네 社區 | 발전소 發電廠 | 나오다 出來 | 열 熱氣 | 요즘 最近；近期

### 文法與句型

N-(으)로【副詞格助詞】表方法、手段。意思為「以N；用N」。
A-게 만들다【句型】意思為「做得A；做成A的」。
V-기 좋다【句型】意思為「V起來很好；很適合V」。

〈생각해 봅시다 思考一下〉

· 이 수영장에서는 어떻게 물을 따뜻하게 만듭니까？
  這個游泳池如何將水加熱？

· 이 수영장은 왜 겨울에도 수영을 하기 좋습니까？
  這個游泳池為什麼在冬天也適合去游泳？

2.

> 우리 집은 습도가 높아서 가전제품이 잘 고장납니다. 하지만 제 친구 집 가전제품은 문제가 별로 없습니다. 그 집은 아파트 이십 층에 있어서 통풍이 잘 되기 때문입니다. 우리 집도 공기가 잘 통해서 습도가 높지 않았으면 좋겠습니다.

**單字**

습도 濕度 | 높다 高 | 가전제품 家電 | 고장나다 故障;拋錨 |
아파트 公寓;公寓大樓 | 층 層 | 통풍이 잘 되다 通風良好 | 공기 空氣 |
통하다 通;流通 | 별로 不太

**文法與句型**

잘 V【句型】意思為「很容易V;很會V」。
V / A-기 때문이다【句型】表原因。意思為「因V / A的緣故」。
V / A-았 / 었으면 좋겠다【句型】表盼望。意思為「V / A的話就好」。

〈생각해 봅시다　思考一下〉

- 이 사람 집의 가전제품은 왜 잘 고장납니까？
  這個人家的家電為什麼容易故障？
- 이 사람 친구 집의 가전제품은 왜 문제가 별로 없습니까？
  這個人朋友家的家電為什麼並沒出現問題？

3.

> 어제 저는 친구와 함께 식당에 밥을 먹으러 갔습니다. 그런데 지갑을 집에 놓고 와서 돈이 없었습니다. 그래서 친구가 저에게 돈을 빌려 주었습니다. 앞으로 외출할 때는 지갑을 잊지 말아야겠습니다.

**單字**

지갑 皮夾 | 빌리다 借 | 앞으로 從此以後 | 외출하다 外出 |
잊지 말아야겠다 不應該忘記

〈생각해 봅시다　思考一下〉

- 이 사람이 어제 친구와 무엇을 했습니까？
  這個人昨天跟朋友做了什麼事？
- 이 사람의 친구가 왜 이 사람에게 돈을 빌려 주었습니까？
  這個人的朋友為什麼借錢給他？

---

我們家濕氣重，所以家電用品容易故障。

但是我朋友家的家電用品並沒有什麼問題。

因為他家在公寓的二十樓，所以通風良好。

希望我們家通風良好，又不潮濕。

昨天我和朋友一起去餐廳吃飯，但是錢包放在家裡就出門，所以身上沒錢，因此朋友借了錢給我。

以後外出時一定不要忘了錢包。

4.

> 요즘 사람들은 기념일에 특별한 선물을 많이 합니다. 특히 과일 맛 초콜릿 선물이 인기가 있습니다. 과일 맛 초콜릿은 색깔도 여러 가지라서 더 예쁩니다. 그래서 특별한 기념일 선물로 인기 만점입니다.

### 單字

요즘 最近；近期 | 기념일 紀念日 | 특별하다 特別 | 특히 尤其 |
과일 맛 水果口味 | 인기가 있다 受歡迎 | 색깔 顏色 | 여러 가지 各種 |
인기 만점이다 非常受歡迎

### 文法與句型

N-(이)라서【連結語尾】表原因。意思為「是因為N」。

〈 생각해 봅시다　思考一下 〉

- 요즘 사람들은 왜 과일맛 초콜릿을 자주 선물합니까？
  最近的人為什麼常常送水果口味巧克力？
- 과일맛 초콜릿이 왜 예쁩니까？
  水果味巧克力為什麼很漂亮？

最近人們經常在紀念日時送上特別的禮物。

尤其是水果口味的巧克力禮物很受歡迎。

水果口味巧克力因為色彩繽紛，所以特別漂亮。

因此做為特別的紀念日禮物是人氣滿分。

5.

> 오늘도 바빠서 아침 식사를 하지 못하셨습니까?
> 그럼 '3분 국밥'이 여러분의 아침을 도와 드리겠습니다. 뜨거운 물을 넣은 후 3분만 기다리면 맛있는 아침 식사가 됩니다.
> 이제부터 '3분 국밥'으로 건강한 하루를 시작하십시오.

### 單字

아침 식사 早餐 | 국밥 湯飯；泡飯 | 여러분 諸位 |
도와 드리다 （敬語）幫助 | 뜨겁다 燙 | 넣다 放入 | 기다리다 等待 |
이제부터 從此以後 | 건강한 하루 健康的一天

### 文法與句型

N-이／가 되다【句型】意思為「變成N；成為N」。

〈 생각해 봅시다　思考一下 〉

- '3분 국밥'은 어떤 사람들에게 도움됩니까？
  「3分鐘湯飯」對什麼樣的人有幫助？
- '3분 국밥'은 어떻게 만듭니까？
  「3分鐘湯飯」要怎麼做？

今天也忙到沒吃早餐嗎？

那麼讓「3分鐘湯飯」來幫助大家解決早餐的問題。

加入開水後只需等個3分鐘，美味的早餐就完成了。

從現在起請用「3分鐘湯飯」開始健康的一天吧。

6.

우리 학교에는 여러 나라에서 온 학생들이 많습니다. 그래서 가끔 말이 통하지 않을 때가 있습니다. 하지만 같이 한국어를 배우면서 말이 통하게 되었습니다. 한국어 덕분에 각국의 친구들과 이야기할 수 있게 되어서 기쁩니다.

**單字**

가끔 偶爾 | 말이 통하다 語言通；可以溝通 | 각국 各國 | 기쁘다 高興

**文法與句型**

N（地方）-에서 온【句型】意思為「來自N的」。
V-(으)면서【連結語尾】表多項動作同時進行。意思為「V的同時；邊V邊V」。
N 덕분에【句型】意思為「托N的福；幸虧有N」。
V-게 되다【句型】表變化。意思為「變得V」。

〈생각해 봅시다 思考一下〉

- 이 사람은 학교의 학생들과 왜 말이 통하지 않을 때가 있습니까？
  這個人為什麼有時候跟學校的學生們語言不通？
- 이 사람은 학교의 학생들과 어떻게 이야기를 할 수 있게 되었습니까？
  後來這個人怎麼跟學生們變得可以溝通？

我們學校有許多來自各國的學生。

因此有時會言語不通。

但是一起學韓語後，言語逐漸能溝通了。

多虧韓語才能和各國的朋友聊天，所以很高興。

• **함께 문제 유형을 이해해 봅시다.**

大家一起理解考題類型吧！

▶ 題型10：第57〜58題——排列順序題

| 解題技巧 |
| --- |

· 此題目為找出正確文章順序。

· 請不要按照內文的順序閱讀。

· 答案的第一句**不可能會有**以**接續副詞**，如「그리고」（然後、還有）、「그런데」（不過）、「하지만」（但是）、「그래서」（所以）等；或以**指示代名詞**，如「이」（這）、「그」（那）開頭的句子。

· 4個選項中出現的**第一個排序都一樣**時，可從其著手。

· 第二句以後選排序時須注意：

（1）通常不會連續出現以接續副詞開頭的句子。

（2）通常後句會重提前句的「關鍵名詞」。

[57~58] **다음을 순서대로 맞게 나열한 것을 고르십시오.**

請選擇排序正確的選項。

7. (3점)（3分）

(가) 그리고 저는 일본어를 공부하고 있습니다.

還有我正在學日語。

(나) 지난주에는 일본에서 온 친구 한 명을 만났습니다.

上週我認識了一位從日本來的朋友。

(다) 그래서 저는 다음주부터 그 친구와 함께 공부할 겁니다.

所以我要從下週開始與那位朋友一起學習。

(라) 그 친구는 한국어를 배웁니다.

那位朋友在學韓語。

① (라) - (나) - (다) - (가)　　② (다) - (나) - (가) - (다)

③ (나) - (라) - (가) - (다)　　④ (나) - (라) - (다) - (가)

（1）以接續副詞開頭的（가）與（다），絕對不會是第一句。

（2）以指示代名詞開頭的（라），絕對不會是第一句。

（3）4個選項中僅能以（나）開頭。

（4）接下來合適的順序應為：

（나）上週認識了**日本朋友**

→（라）那個**日本朋友**學韓語

→（가）而**我學日語**

→（다）所以**一起學習**

答案：③

（解答請見P193）

• 유형을 이해했나요? 그러면 아래의 문제를 풀어 보세요.

理解題型了嗎？那麼請試著解答下列問題。

다음을 순서대로 맞게 나열한 것을 고르십시오.

1.

> (가)그래서 거기에서는 겨울에도 수영을 하기 좋습니다.
> (나)우리 동네 발전소 옆에는 수영장이 있습니다.
> (다)그 수영장은 발전소에서 나오는 열로 물을 따뜻하게 만듭니다.
> (라)저는 요즘 그 수영장에 매일 갑니다.

① (나)-(다)-(가)-(라)　　　　　② (나)-(라)-(가)-(다)
③ (라)-(나)-(다)-(가)　　　　　④ (라)-(가)-(다)-(나)

2.

> (가) 그 집은 아파트 이십 층에 있어서 통풍이 잘 되기 때문입니다.
> (나) 우리 집은 습도가 높아서 가전제품이 잘 고장납니다.
> (다) 우리 집도 공기가 잘 통해서 습도가 높지 않았으면 좋겠습니다.
> (라) 하지만 제 친구집 가전제품은 문제가 별로 없습니다.

① (가)-(다)-(나)-(라)　　　　　② (가)-(나)-(라)-(다)
③ (나)-(가)-(다)-(라)　　　　　④ (나)-(라)-(가)-(다)

3.

> (가) 그런데 지갑을 집에 놓고 와서 돈이 없었습니다.
> (나) 어제 저는 친구와 함께 식당에 밥을 먹으러 갔습니다.
> (다) 앞으로 외출할 때는 지갑을 잊지 말아야겠습니다.
> (라) 그래서 친구가 저에게 돈을 빌려 주었습니다.

① (나)-(가)-(라)-(다)　　　　　② (나)-(가)-(다)-(라)
③ (나)-(다)-(가)-(라)　　　　　④ (나)-(다)-(라)-(가)

4.

(가) 그래서 특별한 기념일 선물로 인기 만점입니다.

(나) 요즘 사람들은 기념일에 특별한 선물을 많이 합니다.

(다) 특히 과일 맛 초콜릿 선물이 인기가 있습니다.

(라) 과일 맛 초콜릿은 색깔도 여러 가지라서 더 예쁩니다.

① (나)-(다)-(가)-(라)

② (나)-(다)-(라)-(가)

③ (나)-(가)-(다)-(라)

④ (나)-(가)-(라)-(다)

5.

(가) 오늘도 바빠서 아침 식사를 하지 못하셨습니까?

(나) 그럼 '3분 국밥'이 여러분의 아침을 도와 드리겠습니다.

(다) 이제부터 '3분 국밥'으로 건강한 하루를 시작하십시오.

(라) 뜨거운 물을 넣은 후 3분만 기다리면 맛있는 아침 식사가 됩니다.

① (가)-(나)-(라)-(다)

② (나)-(라)-(다)-(가)

③ (다)-(가)-(라)-(나)

④ (라)-(가)-(나)-(다)

6.

(가) 그래서 가끔 말이 통하지 않을 때가 있습니다.

(나) 한국어 덕분에 각국의 친구들과 이야기할 수 있게 되어서 기쁩니다.

(다) 우리 학교에는 여러 나라에서 온 학생들이 많습니다.

(라) 하지만 같이 한국어를 배우면서 말이 통하게 되었습니다.

① (다)-(나)-(라)-(가)

② (다)-(라)-(가)-(나)

③ (다)-(가)-(라)-(나)

④ (다)-(가)-(나)-(라)

（解答請見P193）

• **실력을 테스트해 보세요.**

試著測試實力吧！

다음을 순서대로 맞게 나열한 것을 고르십시오.

1.

> (가) 그리고 유명한 배우들도 쉽게 만날 수 있습니다.
> (나) 우리 고향에서는 가을마다 영화 축제가 열립니다.
> (다) 이 축제에서는 여러 나라의 영화를 볼 수 있습니다.
> (라) 그래서 가을이 되면 영화를 좋아하는 사람들이 많이 찾아옵니다.

① (가)-(나)-(다)-(라)　　　　② (나)-(라)-(다)-(가)

③ (다)-(라)-(가)-(나)　　　　④ (라)-(나)-(가)-(다)

2.

> (가) 저는 삼 개월 전부터 기타를 배우고 있습니다.
> (나) 손으로 연주하는 것이 익숙하지 않았기 때문입니다.
> (다) 하지만 지금은 조금 어려운 노래도 잘 칠 수 있게 되었습니다.
> (라) 처음 배울 때는 치는 것이 많이 어려웠습니다.

① (가)-(라)-(나)-(다)　　　　② (가)-(라)-(다)-(나)

③ (나)-(라)-(다)-(가)　　　　④ (나)-(가)-(라)-(다)

# 填空＋選一致內容題（四）

題型介紹

- 此題型為5～7個句子組成的文章，每題2分或3分，共2題。
- 為一篇文章，需回答2個題目：
  第59題：括號填空（將句子填入適當的位置）（2分）。
  第60題：選擇與文章內容一致的選項（2分）。

- 단어와 중국어 해석을 보지 말고 아래의 글을 해석해 보세요.

  請試著不看單字與中文解析來分析下列文章。

中文解釋

1.

> 저는 절약하는 습관이 있습니다. 필요한 것이 아니면 절대로 사지 않습니다. 꼭 필요한 것에 돈을 쓰지 않는 사람을 구두쇠라고 합니다. 그래서 주변 사람들이 저를 구두쇠라고 부를 때도 있습니다. 하지만 돈을 낭비하는 것보다 구두쇠처럼 아끼는 것이 더 좋은 습관입니다. 낭비해서 후회하는 것보다 절약하는 것이 더 낫기 때문입니다.

我有節儉的習慣。

非必要的東西絕對不買。

在必要花錢的地方不花的人稱之為小氣鬼。

因此身邊的人有時也會叫我小氣鬼。

但是比起浪費錢，如小氣鬼般的節儉才是更好的習慣。

因為節儉總比浪費了才後悔好多了。

單字

절약하다 節約；節省 | 습관 習慣 | 필요하다 需要 |
절대로 （否定說法）絕對 | 꼭 一定 | 돈을 쓰다 花錢 | 구두쇠 小氣鬼 |
주변 周邊；周遭 | 낭비하다 浪費 | 아끼다 節約；節省 | 후회하다 後悔 |
낫다 更好

文法與句型

N-이 / 가 아니면【句型】意思為「若不是N」。
N-(이)라고 하다 / 부르다【句型】意思為「叫做N；稱為N」。
N-처럼【副詞格助詞】表類似、相同。意思為「像N一樣」。

〈생각해 봅시다 思考一下〉

- 주변 사람들이 이 사람을 왜 가끔 구두쇠라고 부릅니까？
  周圍的人為什麼叫這個人小氣鬼？
- 이 사람은 왜 절약하는 습관이 있습니까？
  這個人為什麼有節儉的習慣？

2.

저는 밖에 나가는 것보다 집에 있는 것을 좋아해서 주말에는 주로 집에 있었습니다. 집에 있으면 보통 영화나 드라마를 보면서 시간을 보냈습니다. 재미있는 영화나 드라마를 보고 있으면 기분이 좋아지기 때문에 즐겨 봤습니다. 그런데 지금의 제 친구를 만난 후에 제 생활이 달라졌습니다. 친구와 함께 여기저기 다니면서 이야기도 하고 운동도 같이 하면서 시간을 보내게 되었기 때문입니다. 저는 친구 덕분에 더 멋진 인생을 살고 있습니다.

### 單字

밖에 나가다 外出 | 집에 있다 待在家裡 | 주로 主要；大部分時間 |
보통 平常 | 기분이 좋아지다 心情變好 | 생활 生活 | 달라지다 改變；變化 |
함께 一起 | 여기저기 다니다 到處走；到各個地方 | 멋지다 精彩；帥 |
인생 人生 | 살다 活；生活

### 文法與句型

V-(으)면서 시간을 보내다【句型】意思為「V而過時間」。
즐겨(서) V【句型】意思為「喜歡V；常常V」。
N 덕분에【句型】意思為「托N的福」。

〈 생각해 봅시다　思考一下 〉

- 이 사람은 이전에 집에서 뭐 하는 것을 좋아했습니까 ?
  這個人以前在家裡喜歡做什麼事 ?
- 이 사람은 새 친구를 만난 후에 생활이 어떻게 달라졌습니까 ?
  這個人認識新的朋友後生活變得怎樣 ?

比起外出，我喜歡待在家，因此週末時主要都在家裡。

在家的話通常會看電影或是連續劇來打發時間。

因為看有趣的電影或是連續劇的話，心情會變好，所以看得很開心。

可是自從遇到我現在的朋友之後，我的生活改變了。

因為和朋友一起到處走走，聊聊天也一起運動來消磨時間。

托朋友的福，我過著更精彩的人生。

3.

이가 나쁘면 음식을 잘 먹을 수 없기 때문에 건강이 나빠지게 됩니다. 그래서 이를 건강하게 유지하기 위해서 다음과 같은 규칙을 꼭 지켜야 합니다. 먼저 식사를 한 후에 꼭 이를 닦아야 합니다. 식사를 하고 30분에서 1시간 정도 후에 닦는 것이 좋습니다. 그리고 시간을 정해서 치과를 찾아가는 것도 중요합니다. 적어도 여섯 달에 한 번씩 검사를 받는 것이 치아 건강에 도움이 됩니다. 마지막으로 단 음료수나 음식을 많이 먹지 않는 것이 좋습니다.

### 單字

이 牙齒｜건강이 나빠지다 健康變差｜건강하게 유지하다 維持得健康｜
다음과 같은 如下的｜규칙 規則；規定｜꼭 一定｜지키다 遵守｜먼저 首先
｜이를 닦다 刷牙｜시간을 정하다 定期｜치과 牙醫診所；牙科｜
찾아가다 找上門；拜訪｜중요하다 重要｜적어도 至少；最起碼｜
검사를 받다 接受檢查｜치아 건강 牙齒健康｜마지막으로 最後｜단 甜的

### 文法與句型

V / A-게 되다【句型】表變化、預定。意思為「變得V / A；將會V / A」。
V-기 위해서【句型】表目的。意思為「為了V」。
V-는 것이 좋다【句型】意思為「最好V；V為好」。
시간을 정해서 V【句型】意思為「定時V」。
N-에 도움이 되다【句型】意思為「對於N有幫助；有助於N」。

〈생각해 봅시다 思考一下〉

• 이를 언제 닦는 것이 좋습니까 ?
  什麼時候刷牙比較好？

• 얼마나 자주 치과에 가서 검사를 받는 것이 도움됩니까 ?
  多常去牙科接受檢查比較好？

因為牙齒不好就無法好好吃東西，所以健康會越來越差。

因此為了保持牙齒的健康必須遵守以下的規則。

首先用餐後一定要刷牙。

飯後30分鐘至1小時左右刷牙最適當。

並且定期看牙醫也很重要。

至少六個月檢查一次，才有助於牙齒健康。

最後最好不要常喝甜的飲料或吃甜食。

• **함께 문제 유형을 이해해 봅시다.**

大家一起理解考題類型吧！

▶ 題型11：第59～60題──填空＋選一致內容題（四）

**解題技巧**

・此題型為1題2答式：
第59題為幫題目中出現的句子找出內文中合適的位子。
第60題為找出與內文一致的選項。

・第59題：
（1）快速閱讀內文。
（2）找出脈絡上不順暢或不連貫的地方，此處可能為答案所在。

・第60題：
看選項逐一核對內文。

[59~60] 다음을 읽고 물음에 답하십시오.

請閱讀下文，並回答問題。

> 걷기 운동을 하는 것은 건강에 도움이 많이 됩니다. (　㉠　) 특히 나이가 많은 사람들의 건강에 좋습니다. (　㉡　) 이런 운동은 일주일에 다섯 번 정도, 매번 삼십 분 이상 하는 것이 좋습니다. (　㉢　) 천천히 시작해서 조금씩 빨리 걸어야 합니다. (　㉣　) 이렇게 하는 것이 도움이 더 많이 됩니다.
>
> 走路運動對健康很有幫助。（　㉠　）尤其對長輩的健康有幫助。（　㉡　）這種運動以一週約五次、每次進行三十分鐘以上較好。（　㉢　）應該以慢速開始，漸漸加快行走。（　㉣　）如此會對健康更有幫助。

59. 다음 문장이 들어갈 곳을 고르십시오. (2점)

請選擇適合填入以下句子的位置。（2分）

> 너무 빨리 걷는 것은 몸에 안 좋을 수도 있기 때문입니다.
>
> 因為過快的行走可能對身體不好。

① ㉠　　② ㉡　　③ ㉢　　④ ㉣

60. 이 글의 내용과 같은 것을 고르십시오. (3점)

請選擇與本文內容一致的選項。（3分）

① 걷기 운동은 일주일에 다섯 번, 매번 삼십 분만 해야 합니다.

　走路運動必須以一週五次、每次三十分鐘頻率來進行。

② 걷기 운동을 천천히 하면 몸에 안 좋을 수 있습니다.

　慢速做走路運動可能對身體不好。

③ 걷기 운동은 빨리 시작해서 조금씩 천천히 걷는 것이 좋습니다.

　走路運動以快速開始，而漸漸地慢速行走較好。

④ 걷기 운동을 할 때에는 천천히 시작하고 점점 빨리 걸어야 합니다.

　走路運動時得以慢速開始、漸漸地快速行走。

59.

**Key Point!**

（1）第一句：走路運動對健康有幫助

　　第二句：對年紀大的人的健康好

　　第三句：這運動一週五次、每次三十分鐘以上較好

　　第四句：應該慢慢開始、漸漸快速走路好

　　第五句：這樣更有幫助

（2）第一句至第三句提到走路運動的好處、運動次數與時間，而在第四句突然提及走路速度該如何，因此該處可能需要加另一個句子。

答案：④

60.
①文章第一句提到，一週五次、每次三十分鐘以上。（×）
②文章第三句提到，太快對身體不好，不是慢速對身體不好。（×）
③文章第四句提到，慢慢開始、漸漸加快比較好。（×）
④文章第四句與第五句說，慢慢開始、漸漸加速更有幫助。（○）

答案：④

（解答請見P193）

• **유형을 이해했나요? 그러면 아래의 문제를 풀어 보세요.**

理解題型了嗎？那麼請試著解答下列問題。

다음을 읽고 물음에 답하십시오.

> 저는 절약하는 습관이 있습니다. ( ㉠ ) 필요한 것이 아니면 절대로 사지 않습니다. ( ㉡ ) 꼭 필요한 것에 돈을 쓰지 않는 사람을 구두쇠라고 합니다. ( ㉢ ) 그래서 주변 사람들이 저를 구두쇠라고 부를 때도 있습니다. ( ㉣ ) 낭비해서 후회하는 것보다 절약하는 것이 더 낫기 때문입니다.

1. 다음 문장이 들어갈 곳을 고르십시오.

> 하지만 돈을 낭비하는 것보다 구두쇠처럼 아끼는 것이 더 좋은 습관입니다.

① ㉠              ② ㉡              ③ ㉢              ④ ㉣

2. 이 글의 내용과 같은 것을 고르십시오.
    ① 저는 돈을 많이 써서 자주 후회합니다.
    ② 저는 돈을 너무 아껴서 가끔 후회합니다.
    ③ 저는 돈을 아끼는 생활을 합니다.
    ④ 제 주변 사람들은 돈을 낭비합니다.

저는 밖에 나가는 것보다 집에 있는 것을 좋아해서 주말에는 주로 집에 있었습니다. ( ㉠ ) 재미있는 영화나 드라마를 보고 있으면 기분이 좋아지기 때문에 즐겨 봤습니다. ( ㉡ ) 그런데 지금의 제 친구를 만난 후에 제 생활이 달라졌습니다. ( ㉢ ) 친구와 함께 여기저기 다니면서 이야기도 하고 운동도 같이 하면서 시간을 보내게 되었기 때문입니다. ( ㉣ ) 저는 친구 덕분에 더 멋진 인생을 살고 있습니다.

3. 다음 문장이 들어갈 곳을 고르십시오.

> 집에 있으면 보통 영화나 드라마를 보면서 시간을 보냈습니다.

① ㉠　　　　② ㉡　　　　③ ㉢　　　　④ ㉣

4. 이 글의 내용과 같은 것을 고르십시오.

　① 제 친구는 영화와 드라마 보는 것을 좋아합니다.

　② 저는 요즘 친구와 함께 드라마를 봅니다.

　③ 저는 친구와 함께 있는 시간이 즐겁습니다.

　④ 제 친구는 주말에 집에 있을 때가 많습니다.

이가 나쁘면 음식을 잘 먹을 수 없기 때문에 건강이 나빠지게 됩니다. ( ㉠ ) 그래서 이를 건강하게 유지하기 위해서 다음과 같은 규칙을 꼭 지켜야 합니다. ( ㉡ ) 먼저 식사를 한 후에 꼭 이를 닦아야 합니다. 식사를 하고 30분에서 1시간 정도 후에 닦는 것이 좋습니다. ( ㉢ ) 적어도 여섯 달에 한 번씩 검사를 받는 것이 치아 건강에 도움이 됩니다. ( ㉣ ) 마지막으로 단 음료수나 음식을 많이 먹지 않는 것이 좋습니다.

5. 다음 문장이 들어갈 곳을 고르십시오.

> 그리고 시간을 정해서 치과를 찾아가는 것도 중요합니다.

① ㉠　　　　② ㉡　　　　③ ㉢　　　　④ ㉣

6. 이 글의 내용과 같은 것을 고르십시오.

　① 이가 나쁘면 식사를 한 후에 꼭 이를 닦아야 합니다.

　② 일 년에 두 번 정도 치과에 찾아가는 것이 좋습니다

　③ 식사를 하고 30분에서 1시간 이를 닦습니다.

　④ 단 것을 먹는 것이 치아 건강에 좋습니다.

• **실력을 테스트해 보세요.**

試著測試實力吧！

다음을 읽고 물음에 답하십시오.

> 요즘 사람들은 대부분 스마트폰을 사용합니다. ( ㉠ ) 스마트폰의 화면에서 나오는 빛이 사람의 눈에 좋지 않기 때문입니다. ( ㉡ ) 그래서 눈 건강을 지키려면 화면을 너무 오래 보지 않는 것이 좋습니다. ( ㉢ ) 특히 어두운 곳에서 오랫동안 사용하지 말아야 합니다. ( ㉣ ) 눈 건강을 지키는 가장 좋은 방법은 스마트폰을 적게 사용하는 것입니다.

1. 다음 문장이 들어갈 곳을 고르십시오.

> 스마트폰은 편리하지만 오래 사용하면 눈 건강에 나쁩니다.

① ㉠          ② ㉡          ③ ㉢          ④ ㉣

2. 이 글의 내용과 같은 것을 고르십시오.

① 스마트폰은 오래 사용하면 불편합니다.
② 스마트폰을 오래 보면 눈 건강에 나쁩니다.
③ 건강을 지키려면 스마트폰을 사용하면 안 됩니다.
④ 스마트폰을 사용할 때는 오랫동안 화면을 봐야 합니다.

# TYPE 12

## 填空＋選一致內容題（五）

**題型介紹**

- 此題型為5～7個句子組成的文章，每題2分，共2題。
- 為一篇文章，需回答2個題目：
  第61題：括號填空（2分）。
  第62題：選擇與文章內容一致的選項（2分）。

- 단어와 중국어 해석을 보지 말고 아래의 글을 해석해 보세요.
  請試著不看單字與中文解析來分析下列文章。

1.

> 봄에는 날씨가 따뜻하고 춥지 않아서 밖에서 활동하기 좋습니다. 그래서 사람들은 꽃이 피면 꽃구경을 가기도 하고 가족들이나 친구들과 함께 나들이를 가기도 합니다. 그런데 날씨가 좋은 날에 햇빛을 오래 받으면 피부에 좋지 않습니다. 그 햇빛 때문에 피부가 건조하고 약해질 수 있기 때문입니다. 그래서 봄에는 물을 많이 마시고 자주 피부 관리를 하는 것이 좋습니다.

**單字**

밥 外面；戶外 | **활동하다** 活動；從事活動 | **꽃이 피다** 開花 | **꽃구경** 賞花 | **꽃구경을 가다** 去賞花 | **함께** 一起；一同 | **나들이** 出遊 | **나들이를 가다** 踏青；出去玩 | **날** 日子；天 | **햇빛** 陽光 | **햇빛을 받다** 曬太陽 | **오래** 久 | **피부** 皮膚；肌膚 | **건조하다** 乾燥 | **약해지다** 變脆弱 | **피부 관리를 하다** 護膚；保養肌膚

**文法與句型**

V / A-지 않아서【句型】否定＋原因。意思為「因為不V / A」。
V-기 좋다【句型】意思為「V起來很好；很適合V」。
V / A-기도 하다【句型】表承認也有某行為或狀態。意思為「也V / A；時而V / A」。
N-에 좋지 않다【句型】意思為「對N不好」。
N 때문에【句型】表原因。意思為「因為N」。
V / A-기 때문이다【句型】表原因。意思為「是因為V / A的緣故」。

**中文解釋**

春天時天氣暖和不寒冷，所以適合在戶外活動。

因此花開的話人們就去賞花，和家人或是朋友一起出外踏青。

但是天氣好的時候，長時間曬太陽的話對皮膚不好。

因為陽光，皮膚會因此變得乾燥又脆弱。

所以春天時最好多喝水，並且經常護膚。

- 봄에는 왜 밖에서 활동하기 좋습니까?

  為什麼春天時適合在戶外活動？

- 봄에는 왜 물을 많이 마시고 피부 관리를 자주 하는 것이 좋습니까?

  為什麼春天時最好多喝水，並且經常護膚？

2.

> 　저는 성격이 좀 급합니다. 언제나 모든 일을 빨리빨리 결정하고 해결해야 합니다. 그렇지 않으면 마음이 답답하고 불안해집니다. 그래서 저는 이런 제 성격이 마음에 들지 않습니다. 하지만 느린 성격의 친구들은 제 성격을 무척 부러워합니다. 어떤 일이 생겼을 때 문제를 빨리 찾아서 풀기 때문입니다. 모든 성격에는 좋은 점이 있으면 나쁜 점도 함께 있는 것 같습니다.

我的個性有點急躁。

凡事總是必須趕快決定並解決。

否則會感到煩悶不安。

因此我不喜歡自己這種個性。

但是一些慢條斯理的朋友卻非常羨慕我的個性。

因為事情發生時，馬上找出問題所在並處理掉。

所有的個性如果有優點似乎也伴隨著缺點。

### 單字

성격 性格；個性 | 빨리빨리 趕快 | 급하다 急躁；急 | 언제나 總是 |
결정하다 決定 | 해결하다 解決 | 그렇지 않다 否則；不然；不那樣 |
답답하다 鬱悶 | 불안해지다 變得不安 | 마음에 들다 中意；喜歡 |
느리다 緩慢 | 무척 非常 | 부러워하다 羨慕 | 어떤 N 有的 N |
생기다 發生；產生 | 찾다 找 | 풀다 解開；解決 | 모든 所有的 |
좋은 점 優點；好處 | 나쁜 점 缺點；壞處 | 함께 一起；一同

### 文法與句型

V / A-(으)ㄴ/는 것 같다【句型】表推測、判斷。意思為「好像V / A」。

〈생각해 봅시다 思考一下〉

- 이 사람은 왜 자기 성격을 좋아하지 않습니까?

  這個人為什麼不喜歡自己的個性？

- 이 사람의 친구들은 왜 이 사람의 성격을 부러워합니까?

  這個人的朋友們為什麼羨慕這位的個性？

3.

> 저는 이번 학기가 끝나면 고향에 돌아갑니다. 그래서 지난 주말에는 반 친구들하고 같이 민속촌에 갔습니다. 거기에서 우리는 여기저기 구경도 하고 여러 가지 맛있는 음식도 먹었습니다. 집에 돌아오기 전에 우리는 서로에게 편지도 쓰고 함께 찍은 사진도 한 장씩 나눠 가졌습니다. 이렇게 반 친구들과 함께 여행도 하고 즐거운 시간을 보내서 너무 행복했습니다. 고향에 돌아간 후에도 우리 반 친구들이 생각날 것 같습니다.

### 單字

학기 學期 | 이번 학기 這個學期 | 끝나다 結束 | 고향 故鄉 |
민속촌 民俗村；文化村 | 여기저기 到處 | 여러 가지 各種 | 서로 彼此；互相
| 서로에게 편지를 쓰다 寫信給彼此；交換信函 | 함께 一同；一起 |
사진을 찍다 拍照 | 나눠 가지다 分享 | 시간을 보내다 過時間 | 행복하다 幸福
| 생각나다 想起來

### 文法與句型

V-기 전(에) 【句型】意思為「V之前」。
N-씩 【接尾詞】表以某數量或程度來分配或反覆。意思為「每N；各N」。
V-(으)ㄴ 후(에) 【句型】意思為「V之後」。
V / A-(으)ㄹ 것 같다 【句型】表推測。意思為「好像將會V / A；應該會V / A」。

〈생각해 봅시다 思考一下〉

• 이 사람은 지난 주말에 왜 반 친구들과 같이 여행을 갔습니까？
　這個人在上個週末時為什麼跟班上同學們一起去旅行？

• 이 사람은 고향에 돌아간 후에 왜 반 친구들이 생각날 것 같습니까？
　這個人為什麼覺得回到故鄉後會想念同學們？

這學期結束的話我就要回故鄉。

因此上週和同學們一起去了民俗村。

在那裡我們到處參觀，也吃了很多好吃的東西。

回家之前，我們寫信給彼此並各帶了一張合照的相片。

和同學們一起旅遊且因為度過快樂的時光，非常幸福。

回到故鄉後我應該會想念我們班的同學們。

• 함께 문제 유형을 이해해 봅시다.

大家一起理解考題類型吧！

▶ 題型12：第61〜62題──填空＋選一致內容題（五）

**解題技巧**

・此題型為1題2答式：

第61題為找出適合前後脈絡的單字或連結形。

第62題為找出與內文一致的選項。

・第61題

（1）快速閱讀內文。

（2）了解括號前後的脈絡；該題目答案大致會有2種：

①全部的選項具有同樣的語法結構：此時須挑選合乎脈絡的詞彙。

②全部的選項都含有同樣詞彙：此時須挑選合乎脈絡的語法。

・第62題

看選項逐一核對內文。

[61~62] 다음을 읽고 물음에 답하십시오. (각 2점)

請閱讀下文，並回答問題。（各2分）

> 지금 사용하는 돈에는 동전과 지폐가 있습니다. 그러나 옛날에는 동전만 사용했습니다. 종이로 만든 지폐는 쉽게 더러워지고 망가져서 (　ㄱ　) 어렵습니다. 그리고 가짜 지폐를 만들기도 쉽습니다. 그래서 지폐가 동전보다 늦게 세상에 나온 것입니다.
>
> 現在使用的貨幣有硬幣和紙鈔。但是以前只使用硬幣。用紙製作的紙鈔，容易被變髒及損壞，所以很難（　ㄱ　）。而且很容易製作假的紙鈔。所以紙鈔比硬幣晚問世。

1. ㉠에 들어갈 알맞은 말을 고르십시오.

請選擇適合填入㉠的話。

① 오래 쓰기　使用很久　　　　② 가끔 내기　偶爾支付

③ 자주 만들기　常常製作　　　　④ 계속 나오기　一直出現


2. 이 글의 내용과 같은 것을 고르십시오.

請選擇與本文內容一致的選項。

① 지폐는 잘 망가집니다.　紙鈔容易被破壞。

② 옛날에는 지폐만 사용했습니다.　以前只使用紙鈔。

③ 지폐는 동전보다 일찍 나왔습니다.　紙鈔比硬幣早出現。

④ 동전은 가짜 돈을 만들기 쉽습니다.　硬幣容易造假。


Key Point!

（1）快速閱讀內文：

現在使用的貨幣有硬幣、紙鈔。

以前只使用硬幣。

紙鈔容易變髒、破壞，很難（　　㉠　　）。

而且假鈔容易製作。

紙鈔比硬幣晚出現。

（2）以括號為基準，前文的內容都有關於貨幣的使用，而後文有關於紙鈔出現的時期，因此括號應與貨幣的使用有關係。


1. ①用紙製作的紙鈔，容易被弄髒又破壞，所以很難「使用很久」。合乎脈絡。
（○）

②用紙製作的紙鈔，容易被弄髒又破壞，所以很難「偶爾支付」。不符。
（×）

③用紙製作的紙鈔，容易被弄髒又破壞，所以很難「常常製作」。不符。
（×）

④用紙製作的紙鈔，容易被弄髒又破壞，所以很難「一直出現」。不符。
（×）

答案：①

2. ①文章中提到用紙製作的鈔票，容易被弄髒又破壞。（○）

　　②現在硬幣和鈔票都有在使用，但是以前只使用硬幣。（×）

　　③紙鈔比硬幣晚出現的。（×）

　　④紙鈔很容易製作假鈔。（×）

答案：①

（解答請見P193）

- **유형을 이해했나요? 그러면 아래의 문제를 풀어 보세요.**

  理解題型了嗎？那麼請試著解答下列問題。

다음을 읽고 물음에 답하십시오.

---

봄에는 날씨가 따뜻하고 춥지 않아서 밖에서 활동하기 좋습니다. 그래서 사람들은 꽃이 피면 꽃구경을 가기도 하고 가족들이나 친구들과 함께 나들이를 가기도 합니다. 그런데 날씨가 좋은 날에 ( ㉠ ) 피부에 좋지 않습니다. 그 햇빛 때문에 피부가 건조하고 약해질 수 있기 때문입니다. 그래서 봄에는 물을 많이 마시고 자주 피부 관리를 하는 것이 좋습니다.

---

1. ㉠에 들어갈 알맞은 말을 고르십시오.

   ① 햇빛을 오래 받으면　　　② 바람이 많이 불면

   ③ 습도가 아주 높으면　　　④ 날씨가 꽤 건조하면


2. 이 글의 내용과 같은 것을 고르십시오.

   ① 봄이 되면 사람들은 집에서 시간을 보냅니다.

   ② 봄에는 날씨가 별로 좋지 않습니다.

   ③ 따뜻한 햇빛은 피부 관리에 좋습니다.

   ④ 봄에는 물을 자주 마시는 것이 좋습니다.

저는 성격이 좀 급합니다. 언제나 모든 일을 빨리빨리 결정하고 해결해야 합니다. 그렇지 않으면 마음이 답답하고 불안해집니다. 그래서 저는 이런 제 성격이 마음에 들지 않습니다. 하지만 느린 성격의 친구들은 제 성격을 무척 부러워합니다. 어떤 일이 생겼을 때 문제를 빨리 찾아서 풀기 때문입니다. 모든 성격에는 (      ㉠      ) 나쁜 점도 함께 있는 것 같습니다.

3. ㉠에 들어갈 알맞은 말을 고르십시오.
　① 빠른 점이 있어서　　　　　② 급한 점이 있으면
　③ 불안한 점이 있어서　　　　④ 좋은 점이 있으면

4. 이 글의 내용과 같은 것을 고르십시오.
　① 저는 제 급한 성격을 좋아하지 않습니다.
　② 저는 항상 마음이 답답하고 불안합니다.
　③ 친구들은 문제를 빨리 해결합니다.
　④ 제 성격 때문에 문제가 잘 생깁니다.

저는 이번 학기가 끝나면 고향에 돌아갑니다. 그래서 지난 주말에는 반 친구들하고 같이 민속촌에 갔습니다. 거기에서 우리는 여기저기 구경도 하고 여러 가지 맛있는 음식도 먹었습니다. 집에 돌아오기 전에 우리는 서로에게 편지도 쓰고 함께 찍은 사진도 한 장씩 나눠 가졌습니다. 이렇게 반 친구들과 함께 여행도 하고 즐거운 시간을 (      ㉠      ) 너무 행복했습니다. 고향에 돌아간 후에도 우리 반 친구들이 생각날 것 같습니다.

5. ㉠에 들어갈 알맞은 말을 고르십시오.
　① 보내서　　　　　　　　　② 보내면
　③ 가지지만　　　　　　　　④ 가지려고

6. 이 글의 내용과 같은 것을 고르십시오.
　① 저는 어제 반 친구들과 맛있는 음식을 만들었습니다.
　② 저는 친구들을 만나러 민속촌에 갔습니다.
　③ 민속촌에서 돌아와서 편지를 받았습니다.
　④ 우리는 민속촌에서 잊지 못할 추억을 만들었습니다.

（解答請見P193）

- **실력을 테스트해 보세요.**

  試著測試實力吧！

다음을 읽고 물음에 답하십시오.

> 한국 사람들은 다른 사람들하고 같이 식사하는 것을 좋아합니다. 하지만 요즘은 한국에서도 혼자 밥을 먹는 사람들이 많아지고 있습니다. 저도 이전에는 항상 친구들과 같이 점심을 먹었습니다. 하지만 최근에 (   ㉠   ) 혼자 식사하는 시간이 많아졌습니다. 혼자 먹으면 외로울 것 같지만, 자기 시간을 즐길 수 있고 또 천천히 먹을 수 있어서 더 좋습니다. 그래서 저는 요즘 혼자 식사하는 것을 더 좋아하게 되었습니다.

1. ㉠에 들어갈 알맞은 말을 고르십시오.

   ① 바빠지려고              ② 바빠져서

   ③ 바빠지지만              ④ 바빠지면

2. 이 글의 내용과 같은 것을 고르십시오.

   ① 한국 사람들은 혼자 밥을 먹지 않습니다.

   ② 저는 요즘 바쁘지만 친구들과 함께 식사를 합니다.

   ③ 혼자 밥을 먹으면 외롭습니다.

   ④ 혼자 밥을 먹을 때 좋은 점도 있습니다.

# E-mail 閱讀：
# 寄信目的＋選一致內容題

- 此題型為E-mail閱讀，每題2分或3分，共2題。
  第63題：選出E-mail寄信的目的（2分）。
  第64題：選出與內容一致的選項（3分）。

- 단어와 중국어 해석을 보지 말고 아래의 글을 해석해 보세요.
  請試著不看單字與中文解析來分析下列文章。

**中文解釋**

1.

> 받는 사람 : djkgh@seoul.com; jetrdga@seoul.com;
>         suajgi@seoul.con;...
> 제    목 : '책수다' 회원 여러분께
>
> 여러분, 안녕하세요? 저희 '책수다' 동아리에 오신 것을 환영합니다.
> 이번 주 토요일 오후 2시에 첫 번째 독서 모임이 있습니다.
> 이번 모임에서는 각자 제일 좋아하는 소설책을 한 권 가지고 와서
> 소개를 할 겁니다.
> 모임은 학교 정문 앞 '아름 커피숍'에서 하겠습니다.
> 참가비는 천 원이고 커피숍에서 음료를 드시고 싶으면 따로 주문해야
> 합니다.
> 많은 참석 부탁드립니다.
>
> 동아리 회장 김수영

收件者：
djkgh@seoul.com;
jetrdga@seoul.com;
suajgi@seoul.con;...

主旨：致各位「書籍雜談」團員

各位團員大家好！歡迎參加我們「書籍雜談」社團。

於本週六下午2點舉辦第一次讀書會。

此次聚會請攜帶一本自己最喜歡的小說並做介紹。

聚會將在學校正門前面的「阿能咖啡館」舉行。

參加費用是一千元，如想在咖啡館內喝飲料需另外加點。

敬請踴躍參加。

社團社長　金秀英

**單字**

| 수다 聊天 | 회원 會員 | 여러분 各位 | 동아리 社團 | 환영하다 歡迎 |

첫 번째 第一次 | 독서 讀書 | 모임 聚會 | 독서 모임 讀書會 | 각자 各自 |
제일 最 | 소설책 小說 | 가지고 오다 帶來 | 소개를 하다 介紹 | 정문 大門 |
참가비 參加費用 | 커피숍 咖啡廳 | 음료 飲料 | 드시다 （敬語）飲用 |
따로 各別；另外；分開 | 주문하다 點餐 | 참석 出席 | 부탁드리다 拜託 |
회장 社長；會長

N（某人）-께【副詞格助詞】表動作對象（「-에게」的敬語）。意思為「向N」。
권【量詞】意思為「本」。
V / A-겠다【語尾】表計畫、推測。意思為「將會V / A」。

〈생각해 봅시다　思考一下〉

• 이번 독서 모임에서는 무슨 활동을 할 겁니까 ?
　在這次的讀書會時要舉辦什麼樣的活動 ?
• 이 모임의 참가비를 내면 음료도 마실 수 있습니까 ?
　若繳交參加費就可以喝飲料嗎 ?

2.

받는 사람 : gidk@picture.com, oepjg@picture.com,
　　　　　　tudrv@picture.com,...
보낸 사람 : sajin@picture.com,
제목 : 회원 여러분 안녕하십니까.

　여러분, 우리 사진 동호회에서 사진 전시회를 엽니다. 이번 주 토요일부터 일주일 동안 시민 회관에서 유명한 사진 작가 다섯 분들의 작품과 함께 동호회 회원들이 찍은 풍경 사진들도 전시할 예정입니다. 그리고 사진 작가들의 강연도 준비되어 있습니다. 모든 회원들은 잊지 말고 참석하셔서 사진 작품도 보고 오랜만에 회원 여러분들과 이야기도 나누시기 바랍니다.

회장 김준희 올림

收件者 :
gidk@picture.com,
oepjg@picture.com,
tudrv@picture.com,...

寄件者 :
sajin@picture.com,

主旨 : 各位會員好

各位會員，我們攝影同好會要舉辦攝影展。

預計自本週週六起為期一週，將在市民會館共同展出六位知名攝影作家的作品以及同好會會員拍攝的風景照片。

並且還安排了攝影作家們的演講。

希望各位會員記得參加，不僅可以欣賞攝影作品，還可以和久違的會員敘舊。

會長　金俊希敬上

동호회 同好會；社團 | 전시회 展覽 | 열다 開辦；舉辦 |
시민 회관 市民會館；市民活動中心 | 유명하다 有名 | 사진 작가 攝影師 |
작품 作品 | 풍경 風景 | 전시하다 展出 | 강연 演講 | 준비되다 準備 |
꼭 一定；務必 | 참석하다 出席 | 오랜만에 隔了很久之後；難得 |
이야기를 나누다 談話

N（時間）동안【句型】意思為「N的期間」。

분【量詞】位

V-(으)ㄹ 예정이다【句型】意思為「預計要V」。

V-아／어 있다【句型】表動作完成狀態。意思為「V著（的狀態）」。

잊지 말고 V【句型】意思為「別忘記V；記得要V」。

V-기 바라다【句型】意思為「希望V」。

〈생각해 봅시다 思考一下〉

- 이번 전시회에서는 어떤 사람들이 찍은 사진들을 전시할 예정입니까?
  在這次的攝影展會展出什麼樣的人拍的照片？
- 이번 전시회에서는 작품도 보고 또 무슨 활동도 할 수 있습니까?
  在這次的攝影展除了觀賞作品外，還有什麼樣的活動？

3.

받는사람 : sato@sejong.edu; linda@sejong.edu;
　　　　　micheal@sejong.edu; …
제　　목 : 외국인 학생들을 위한 K-pop 댄스 공연
보낸사람 : korean@sejong.edu

외국인 학생 여러분, 안녕하십니까?
여러분을 위해서 이번 주말에 K-pop 댄스 동아리 학생들이 공연을
합니다. 공연은 이번 주 토요일 저녁 5시부터 6시까지 합니다. 공연을
보고 싶은 사람은 4시 40분까지 세종대학교 강당으로 오시면 됩니다.
K-pop을 좋아하는 사람은 누구든지 와도 됩니다. 공연이 끝나면
우리를 위해서 공연을 해 준 학생들과 함께 저녁 식사를 할 겁니다.
여러분들의 많은 참석 부탁드립니다.

세종대학교 한국어어학당

單字

**외국인** 外國人｜**댄스** 舞蹈｜**공연** 表演｜**공연을 하다** 演出｜**하다** 舉辦｜
**강당** 禮堂｜**누구든지** 任何人都｜**끝나다** 結束｜**한국어** 韓語｜
**어학당** 語學堂

收件者：sato@sejong.edu; linda@sejong.edu; micheal@sejong.edu; …

主旨：為外國學生舉辦的K-pop舞蹈表演

寄件者：korean@sejong.edu

各位外國學生，大家好！

本週末K-pop舞蹈社的學生將為各位舉辦表演。

表演從本週六下午5時起至6時止。

想看表演的人請在4點40分之前到世宗大學禮堂來即可。

任何喜愛K-pop的人都可參加。

表演結束後，將與為我們表演的學生們一起晚餐。

敬請各位踴躍參加。

世宗大學韓語語學堂

N-을 / 를 위한 N【句型】表目的。意思為「為了N的N」。

N-을 / 를 위해서【句型】表目的。意思為「為了N」。

V-(으)면 되다【句型】表滿足某條件就可以。意思為「V即可」。

V-아 / 어도 되다【句型】表許可。意思為「也可以V」。

〈생각해 봅시다 思考一下〉

• 이번 공연을 보고 싶은 사람은 몇 시 전에 강당으로 가야 됩니까 ?

　想要看這次表演的人要幾點以前到禮堂 ?

• 공연이 끝난 후에는 무슨 활동이 있습니까 ?

　表演結束後還有什麼活動 ?

- 함께 문제 유형을 이해해 봅시다.

 大家一起理解考題類型吧！

▶ 題型13：第63～64題──E-mail閱讀：寄信目的＋選一致內容題

**解題技巧**

- 此題型為1題2答式：
 第63題為選擇寫信的目的。
 第64題為找出與內文一致的選項。
- 第63題
 快速閱讀掌握內文提及的方向為何。
★考題中常見的e-mail格式
 第一部分：問安與主題
 第二部分：寫文章的理由與目的、傳達的內容
 第三部分：道別與叮嚀的話
- 第64題
 看選項逐一核對內文。

[63~64] 다음을 읽고 물음에 답하십시오.

 請閱讀下文，並回答問題。

---

받는 사람 : liming@namsan.edu ; michael@namsan.edu ; sara@namsan.edu ; ...

보낸 사람 : korea@namsan.edu

제목 : 학생 여러분 안녕하십니까.

---

 학생 여러분, '한국 문화 체험하기'를 신청해 주셔서 감사합니다.

 '한국 문화 체험하기'는 다음 주 목요일 오전 9시부터 12시까지 진행합니다. 한복 입기를 신청한 학생은 대강당으로 오시고, 전통 연 만들기를 신청한 학생은 학생회관으로 오십시오. 신청하신 분들은 10분 전에 와서 미리 준비해 주시기 바랍니다.

 그럼 목요일에 뵙겠습니다.

남산대학교 학생회

---

收信人：liming@namsan.edu ; michael@namsan.edu ; sara@namsan.edu ; ...
寄信人：korea@namsan.edu
主旨：各位學生們好

　　各位學生們，謝謝你們申請「一起體驗韓國文化」活動。
　　「一起體驗韓國文化」活動從下星期四上午9點開始舉辦到12點。申請試穿韓服的同學，請到大禮堂。申請體驗製作傳統風箏的同學，請到學生會館。所有的申請者請10分鐘前到現場準備。
　　那麼星期四見。

南山大學　學生會

63. 학생회에서는 왜 이 글을 썼는지 맞는 것을 고르십시오. (2점)
　　學生會為什麼寫了這篇文章？請選出正確的選項。（2分）
　　① 한국 문화 체험하기를 소개하려고
　　　　為了介紹「一起體驗韓國文化」活動
　　② 한국 문화 체험하기 신청자를 확인하려고
　　　　為了確認「一起體驗韓國文化」活動的申請者
　　③ 한국 문화 체험하기 시간과 장소를 안내하려고
　　　　為了告知「一起體驗傳統文化」活動的時間與地點
　　④ 한국 문화 체험하기 신청 방법을 알려 주려고
　　　　為了通知「一起體驗韓國文化」活動的申請方法

64. 이 글의 내용과 같은 것을 고르십시오. (3점)
　　請選擇與本文內容一致的選項。（3分）
　　① 신청자는 모두 한복을 입습니다.
　　　　申請者全部都穿韓服。
　　② 신청자는 여덟 시 오십 분까지 모여야 합니다.
　　　　申請者要在八點五十分之前集合。
　　③ 신청자는 목요일까지 전통 연을 준비해야 합니다.
　　　　申請者要在星期四之前準備傳統風箏。
　　④ 신청자는 대강당에 모인 후에 학생회관으로 갈 겁니다.
　　　　申請者在大禮堂集合後再去學生會館。

（1）以重要詞彙為主快速閱讀內文：

感謝各位學生申請韓國文化體驗

活動，下週四、早上9點到12點

穿韓服、到大禮堂

傳統風箏、到學生會館

10分鐘前準備

下週四見

→ 根據以上快速閱讀內容，從選項中找出與內文一致的內容。

（2）第64題選項中出現：

穿韓服、集合時間、準備傳統風箏、大禮堂、學生會館。

→ 快速閱讀可以猜測本文內容與體驗傳統文化活動有關，並提到活動內容、申請方法或申請者聚集時間與地點、該準備的物品。

63. 本文在告知「一起體驗傳統文化」這個活動的時間與地點。

答案：③

64.

① 只有申請韓服體驗的學生可穿韓服。（×）

② 活動從上午九點開始，要十分鐘前到場準備。（○）

③ 不用自己準備。（×）

④ 申請韓服體驗的人在大禮堂集合，申請體驗傳統風箏的人在學生會館集合。（×）

答案：②

（解答請見P194）

**• 유형을 이해했나요? 그러면 아래의 문제를 풀어 보세요.**

理解題型了嗎？那麼請試著解答下列的問題。

다음을 읽고 물음에 답하십시오.

---

받는 사람 : djkgh@seoul.com; jetrdga@seoul.com; suajgi@seoul.con;...
제      목 : '책수다' 회원 여러분께


여러분, 안녕하세요? 저희 '책수다' 동아리에 오신 것을 환영합니다.
이번 주 토요일 오후 2시에 첫 번째 독서 모임이 있습니다.
이번 모임에서는 각자 제일 좋아하는 소설책을 한 권 가지고 와서 소개를 할 겁니다.
모임은 학교 정문 앞 '아름 커피숍'에서 하겠습니다.
참가비는 천 원이고 커피숍에서 음료를 드시고 싶으면 따로 주문해야 합니다.
많은 참석 부탁드립니다.


동아리 회장 김수영

---

1. 왜 이 글을 썼는지 맞는 것을 고르십시오.

   ① 동아리 모임 소식을 알리려고

   ② 동아리 모임에 필요한 책을 모으려고

   ③ 동아리 회원을 모집하려고

   ④ 동아리 모임에 오신 분들에게 감사하려고


2. 이 글의 내용과 같은 것을 고르십시오.

   ① 모임에 가기 전에 소설책을 한 권 읽어야 합니다.

   ② 이 동아리는 이번 주말에 첫 번째 모임을 합니다.

   ③ 참가비 안에 음료수 비용이 포함됩니다.

   ④ 이 동아리는 학교 안에서 모임을 합니다.

받는 사람 : gidk@picture.com, oepjg@picture.com, tudrv@picture.com,...

보낸 사람 : sajin@picture.com,

제목 : 회원 여러분 안녕하십니까.

여러분, 우리 사진 동호회에서 사진 전시회를 엽니다. 이번 주 토요일부터 일주일 동안 시민 회관에서 유명한 사진 작가 다섯 분들의 작품과 함께 동호회 회원들이 찍은 풍경 사진들도 전시할 예정입니다. 그리고 사진 작가들의 강연도 준비되어 있습니다. 모든 회원들은 잊지 말고 참석하셔서 사진 작품도 보고 오랜만에 회원 여러분들과 이야기도 나누시기 바랍니다.

회장 김준희 올림

3. 동호회에서 왜 이 글을 썼는지 맞는 것을 고르십시오.

① 사진 작품을 전시하려고

② 동호회 회원들에게 사진전 소식을 알려주려고

③ 오랜만에 회원 여러분들과 만나려고

④ 유명 사진 작가를 초대하려고

4. 이 글의 내용과 같은 것을 고르십시오.

① 이 전시회는 이번 주에 끝납니다.

② 이 전시회는 유명 사진 작가의 작품만 전시합니다.

③ 이 전시회에서 사진을 감상하고 강연을 들을 수 있습니다.

④ 이 전시회를 여는 사람은 시민들입니다.

받는사람 : sato@sejong.edu; linda@sejong.edu; micheal@sejong.edu; …
제　　목 : 외국인 학생들을 위한 K-pop 댄스 공연
보낸사람 : korean@sejong.edu

　외국인 학생 여러분, 안녕하십니까?
　여러분을 위해서 이번 주말에 K-pop 댄스 동아리 학생들이 공연을 합니다. 공연은 이번 주 토요일 저녁 5시부터 6시까지 합니다. 공연을 보고 싶은 사람은 4시 40분까지 세종대학교 강당으로 오시면 됩니다. K-pop을 좋아하는 사람은 누구든지 와도 됩니다. 공연이 끝나면 우리를 위해서 공연을 해 준 학생들과 함께 저녁 식사를 할 겁니다. 여러분들의 많은 참석 부탁드립니다.

세종대학교 한국어어학당

5. 한국어어학당에서는 왜 이 글을 썼습니까?
　　① 공연에 초대하려고
　　② 공연을 계획하려고
　　③ 공연 참석을 확인하려고
　　④ 공연 참석에 감사하려고

6. 이 글의 내용과 같은 것을 고르십시오.
　　① 공연은 네 시 사십 분에 시작할 겁니다.
　　② 외국인 학생들이 K-pop 댄스 공연을 할 겁니다.
　　③ 외국인 학생들을 위한 공연입니다.
　　④ 공연을 하기 전에 모두 같이 저녁을 먹을 겁니다.

（解答請見P194）

• **실력을 테스트해 보세요.**

試著測試實力吧！

다음을 읽고 물음에 답하십시오.

---

받는 사람 : liming@hankuk.com; juni@hankuk.com: …
보낸 사람 : korea@hankuk.edu
제　　목 : 한국대학 기숙사 헬스장 이용 안내


저희 헬스장에 가입해 주셔서 감사합니다.
헬스장의 한 달 이용비는 2만 원이고 매달 5일 전까지 내 주시기 바랍니다.
저희 헬스장에서는 수건을 제공하지 않기 때문에 모든 회원들은 반드시 수건을 가져와야 합니다.
샤워장과 탈의실을 사용한 후에는 다른 회원들을 위해 정리해 주는 것을 잊지 마시기 바랍니다.


헬스장 운영자 드림

---

　1. 왜 이 글을 썼는지 맞는 것을 고르십시오.

　　① 헬스장 이용비를 알리려고

　　② 샤워실과 탈의실 사용 규칙을 알리려고

　　③ 헬스장 이용 규칙을 알리려고

　　④ 헬스장 가입을 축하하려고


　2. 이 글의 내용과 같은 것을 고르십시오.

　　① 헬스장을 이용하려면 매월 5일 전에 돈을 내야 합니다.

　　② 헬스장에서 수건을 줍니다.

　　③ 헬스장의 가입비는 2만 원입니다.

　　④ 헬스장에서 샤워장과 탈의실을 이용할 수 없습니다.

# TYPE 14

## 填空＋選一致內容題（六）

**題型介紹**

- 此題型為5～7個句子組成的文章，每題2分或3分，共2題。
- 為一篇文章，需回答2個題目：
  第65題：填空（填入合乎脈絡的選項）（2分）。
  第66題：選出與內容一致的選項（3分）。

- 단어와 중국어 해석을 보지 말고 아래의 글을 해석해 보세요.
  請試著不看單字與中文解析來分析下列文章。

1.

> 　최근에는 한국어를 공부하는 사람들이 많습니다. 이전에는 모두가 영어나 일본어처럼 일할 때 도움이 되는 외국어만 공부했지만, 지금은 취미로 한국어를 공부하는 사람들이 아주 많아졌습니다. 특히 나이가 많으신 할머니나 어린 초등학생들도 한국어를 배우기도 합니다. 아마 한국 드라마와 한국 유행 음악 때문인 것 같습니다. 그래서 이제 한국어를 가르치는 학원도 많이 볼 수 있게 되었습니다.

**單字**

최근 最近 | 많다 多 | 이전 以前 | 모두 全部；所有 |
도움이 되다 有幫助 | 외국어 外國語 | 취미로 V 當作興趣 V | 많아지다 變多
| 특히 特別是；尤其 | 나이 年齡 | 어리다 年幼 | 초등학생 小學生 |
아마 也許 | 유행 음악 流行音樂 | 가르치다 教 | 학원 補習班

**文法與句型**

N-처럼【副詞格助詞】表類似或相同。意思為「像N一樣」。
N-(이)나【接續助詞】表選擇。意思為「N或」。
V / A-기도 하다【句型】表承認也有某種行為或狀態。意思為「也V / A；時而V / A」。
N 때문인 것 같다【句型】意思為「好像是因為N」。

**中文解釋**

最近有很多人學韓語。

以前大家只學對工作有用處的英語或日語等外語，但是現在越來越多的人是因為興趣才學的。

尤其是年紀大的奶奶，或是年幼的小學生也學韓語。

大概是因為韓劇和韓國流行音樂的關係。

因此現在到處都看得到教韓語的補習班。

- 이전에는 사람들이 어떤 외국어를 많이 공부했습니까 ?
  以前大多人們學什麼外語 ?
- 지금은 한국어 학원을 왜 많이 볼 수 있게 되었습니까 ?
  為什麼最近可以看到很多韓語補習班 ?

2.

> 저는 아침에 일어나면 오늘 할 일을 생각하면서 계획표를 씁니다. 먼저 오늘 할 일 중에서 중요한 것을 몇 가지 생각해 봅니다. 그렇게 하면 일을 할 때 중요한 일부터 먼저 할 수 있어서 좋습니다. 그리고 어제 다 못 한 일이 있으면 그것도 메모합니다. 그러면 오늘 해야 할 일을 확실하게 알 수 있어서 좋습니다. 이렇게 아침마다 계획을 세우면 계획이 없을 때보다 하루하루를 더 보람있게 살 수 있습니다.

我早上起床的話，會一邊思考著今天要做的事，一邊寫下計劃表。

首先從今天要做的事情當中考慮幾件重要的事。

如此一來工作時首先可以做重要的事情，所以非常好。

而且如果昨天有沒做完的事也可以記錄下來。

那麼就能很明確地知道今天該做的事，那也不錯。

如此每天早上擬訂計劃總比毫無計劃更能有意義地度過每一天。

**單字**

**할 일** 將會做的事；該做的事 | **계획표** 計劃表 | **먼저** 首先 | **중요하다** 重要 | **몇 가지** 幾件；幾種 | **생각해 보다** 想看看；思考 | **그렇게 하다** 這樣做 | **다 하다** 完成 | **다 못 한 일** 未完成的事 | **메모하다** 記錄 | **그러면** 這樣的話；那麼 | **확실하게 알다** 明確地知道；確實地知道 | **이렇게** 這樣；如此 | **계획을 세우다** 擬定計劃 | **하루하루** 天天；每天 | **보람있게 살다** 有意義地生活

**文法與句型**

V-(으)면서【連結語尾】表多項動作同時進行。意思為「V的同時；邊V邊V」。
N-부터【補助詞】表某行為或狀況的開始。意思為「從N開始」。
N-마다【補助詞】意思為「每N」。

- 이 사람은 계획표에 무엇을 씁니까 ?
  這個人寫什麼東西在計畫表 ?
- 매일 아침에 계획표를 쓰면 무엇이 좋습니까 ?
  每天早上寫計畫表有什麼好處 ?

3.

한국 음식에는 이름에 '전'이 들어간 음식이 있습니다. 전은 재료에 밀가루와 계란을 바른 후에 기름에 부친 음식입니다. 외국 사람들도 좋아하는 전 중에는 해물파전, 김치전, 감자전 등이 있습니다. 한국에서는 보통 명절이나 잔치에서 전을 먹습니다. 옛날에는 기름을 구하기 어려워서 특별한 날에만 전을 만들 수 있었기 때문입니다. 그리고 한국 사람들은 비가 내리는 날에도 전을 즐겨 먹습니다. 왜냐하면 비가 오는 소리를 들으면 기름에 전을 부치는 소리가 생각나기 때문입니다.

### 單字

전 (煎)煎餅 | 들어가다 進去 | 재료 材料 | 밀가루 小麥粉；麵粉 |
계란 雞蛋 | 바르다 塗抹 | 기름 油 | 기름에 부치다 油煎 |
해물파전 海鮮煎餅 | 김치전 泡菜煎餅 | 감자전 馬鈴薯煎餅 | 명절 節日 |
잔치 筵席；宴會 | 옛날 以前；古時候 | 구하다 得到；求 |
특별한 날 特殊的日子 | 비가 내리다 下雨 | 왜냐하면 因為 | 소리 聲音

### 文法與句型

이름에 N-이／가 들어가다【句型】意思為「名稱上帶有N」。
N 중【句型】意思為「N當中」。
N 등【依存名詞】表列舉兩個以上對象而限定。意思為「N等」。
V-기 어렵다【句型】意思為「V起來很難；難以V」。
즐겨 V【句型】意思為「常常V」。
N-이／가 생각나다【句型】意思為「想到N」。

〈생각해 봅시다 思考一下〉

- 한국 사람들은 이전에 왜 특별한 날에만 전을 먹었습니까？
  韓國人以前為什麼只在特別的日子吃煎餅？
- 한국 사람들은 비 오는 날에 왜 전을 자주 먹습니까？
  韓國人為什麼在下雨天常吃煎餅？

韓國食物當中，有一種名稱裡帶著「煎餅」字眼的食物。

煎餅是在材料上塗抹麵粉和雞蛋後，再放到油裡煎的食物。

外國人都喜歡的煎餅當中有海鮮煎餅、泡菜煎餅、馬鈴薯煎餅等。

韓國通常在節日或筵席時吃煎餅。

因為以前不容易買到油，所以只有在特殊的日子才會做煎餅。

而且韓國人也會在下雨的日子享受吃煎餅。

因為聽到雨聲會連想到煎餅在油裡的聲音。

- **함께 문제 유형을 이해해 봅시다.**

  大家一起理解考題類型吧！

▶ 題型14：第65～66題──填空＋選一致內容題（六）

**解題技巧**

- 此題型為1題2答式：

  第65題為填空題

  第66題為找出與內文一致的選項
- 因為內文長度比較長，所以先讀第66題的「選項」，找出重複出現的關鍵詞，以便猜測本文內容提到些什麼；接著以關鍵詞為主，快速閱讀文章，掌握脈絡。
- 第65題

  （1）此題目為找出合乎脈絡的選項：主要看括號前後的句子，不可只看掛號的句子成不成文。

★須知補助用言或各種句型如下：

-아 / 어도 되다：表許可、允諾

-아 / 어야 되다：表義務

-(으)ㄹ 수 있다：表能力

-(으)ㄴ 적이 있다：表經驗

-(으)ㄹ까 하다：表考慮

-아 / 어 보다：表嘗試

-(으)ㄹ 것 같다：表推測

-게 되다：表變化、預計

-(으)ㄹ 때：表某動作或狀況發生的時間

-기 전에：表某動作發生前

-(으)ㄴ 후에：表某動作發生後

- 第66題

  看選項逐一核對內文。

[65~66] 다음을 읽고 물음에 답하십시오.
請閱讀下文，並回答問題。

저는 (   ㉠   ) 오랫동안 생각만 하고 말을 잘 하지 못합니다. 말실수를 할까 봐 말하고 싶은 것을 잘 표현하지 못합니다. 그래서 친구가 말하면 저는 아무 말도 안 하고 그냥 듣는 편입니다. 요즘 말을 하는 것이 점점 어려워집니다. 이런 성격을 바꾸고 싶어서 지금부터 자신감을 가지려고 합니다.

我（   ㉠   ），會思考很久，無法說出話來。因為怕說錯話，所以我不太敢表達想說的話。因此，若朋友在講話時，我不說任何一句話，只是聽聽而已。最近說話這一件事情漸漸感到困難。想要改變這樣的個性，所以從現在起，我打算帶著信心說話。

65. ㉠에 들어갈 알맞은 말을 고르십시오. (2점)
　　請選擇符適合填入㉠的話。（2分）

　　① 일할 때  工作時
　　② 친구가 없을 때  沒朋友時
　　③ 말을 들을 때  聽話時
　　④ 대화를 할 때  對話時

66. 이 글의 내용과 같은 것을 고르십시오. (3점)
　　請選擇與本文內容一致的選項。（3分）

　　① 저는 말실수를 많이 합니다.  我的常常說錯話。
　　② 저는 오래 생각하지 않고 표현합니다.  我不會想很久，會馬上表達。
　　③ 저는 앞으로 친구와 함께 말을 들을 겁니다.  我以後要和朋友一起傾聽話。
　　④ 저는 이야기하는 것이 힘듭니다.  我對聊天感到困難。

（1）第66題選項關鍵詞：

　　말 說話、말 실수 說錯話、표현 表達、듣다 聽、말을 하는 것이 어렵다 說話困難

　　→ 從此可以猜測內文與「我說話」的情形有關。

（2）接著以重要詞彙為主快速閱讀內文：

　　思考很久，不大能說話

　　怕說錯，無法表達

　　朋友說話，我就不說話，只聽聽

　　最近說話困難

　　想要改個性，打算擁有信心

　　→ 根據以上快速閱讀內容，從選項中找出與內文一致的內容

65. 此題目要選擇與關鍵字「想很久，不大能說話」的情境為何。

　①與「工作」無關。（×）

　②與「沒朋友」無關。（×）

　③與「聽話」無關。（×）

　④「對話時」與「想很久，不大能說話」的情境有關。（○）

答案：④

66.

　①我是怕說錯話，不是常說錯話。（×）

　②我只會思考很久，不大能說話。（×）

　③以後要帶有信心，非「要好好聽朋友的話」。（×）

　④內文中提說話一事漸漸感到困難。（○）

答案：④

# TYPE 14 〈STEP 3〉 연습 練習

（解答請見P194）

- **유형을 이해했나요? 그러면 아래의 문제를 풀어 보세요.**

  理解題型了嗎？那麼請試著解答下列問題。

다음을 읽고 물음에 답하십시오.

---

최근에는 한국어를 공부하는 사람들이 많습니다. 이전에는 모두가 영어나 일본어처럼 일할 때 도움이 되는 외국어만 공부했지만, 지금은 취미로 한국어를 공부하는 사람들이 아주 많아졌습니다. 특히 나이가 많으신 할머니나 어린 초등학생들도 한국어를 (    ㉠    ). 아마 한국 드라마와 한국 유행 음악 때문인 것 같습니다. 그래서 이제 한국어를 가르치는 학원도 많이 볼 수 있게 되었습니다.

---

1. ㉠에 들어갈 알맞은 말을 고르십시오.

   ① 배우기도 합니다              ② 말하기도 합니다

   ③ 듣기도 합니다                ④ 가르치기도 합니다


2. 이 글의 내용과 같은 것을 고르십시오.

   ① 이제 영어나 일본어를 공부하는 사람들이 많아졌습니다.

   ② 영어나 일본어보다 한국어를 공부하는 사람들이 많습니다.

   ③ 지금은 한국어 공부가 취미인 사람들이 많습니다.

   ④ 영어 학원과 일본어 학원들이 많습니다.

저는 아침에 일어나면 오늘 할 일을 생각하면서 계획표를 씁니다. 먼저 오늘 할 일 중에서 중요한 것을 몇 가지 생각해 봅니다. 그렇게 하면 일을 할 때 중요한 일부터 먼저 (    ㉠    ) 좋습니다. 그리고 어제 다 못 한 일이 있으면 그것도 메모합니다. 그러면 오늘 해야 할 일을 확실하게 알 수 있어서 좋습니다. 이렇게 아침마다 계획을 세우면 계획이 없을 때보다 하루하루를 더 보람있게 살 수 있습니다.

3. ㉠에 들어갈 알맞은 말을 고르십시오.

① 할 수 있을 텐데        ② 할 수 있지만

③ 할 수 있을까 봐       ④ 할 수 있어서

4. 이 글의 내용과 같은 것을 고르십시오.

① 계획을 세우면서 오늘 할 일을 생각합니다.

② 밤에 자기 전에 오늘 한 일을 씁니다.

③ 중요한 일들은 일을 할 때 메모합니다.

④ 내일 해야 할 일을 써서 정리합니다.

한국 음식에는 이름에 '전'이 들어간 음식이 있습니다. 전은 재료에 밀가루와 계란을 바른 후에 기름에 부친 음식입니다. 외국 사람들도 좋아하는 전 중에는 해물파전, 김치전, 감자전 등이 있습니다. 한국에서는 보통 명절이나 잔치에서 전을 먹습니다. 옛날에는 기름을 구하기 어려워서 특별한 날에만 전을 만들 수 있었기 때문입니다. 그리고 한국 사람들은 (    ㉠    ) 날에도 전을 즐겨 먹습니다. 왜냐하면 비가 오는 소리를 들으면 기름에 전을 부치는 소리가 생각나기 때문입니다.

5. ㉠에 들어갈 알맞은 말을 고르십시오.

① 비가 내리는        ② 바람이 부는

③ 날씨가 추운        ④ 날씨가 시원한

6. 이 글의 내용과 같은 것을 고르십시오.

① 한국 사람들은 보통 특별한 날에 전을 먹습니다.

② 해물파전이나 김치전은 외국 사람들만 좋아합니다.

③ 옛날에 전은 특별한 사람만 먹을 수 있는 음식이었습니다.

④ 기름을 구하기 위해서 비 오는 날에 전을 먹었습니다.

（解答請見P194）

• **실력을 테스트해 보세요.**

試著測試實力吧！

다음을 읽고 물음에 답하십시오.

> 세상에는 돈으로 살 수 있는 것이 많습니다. 돈이 있으면 편하게 생활할 수 있습니다. 그렇지만 저는 돈을 내지 않고 가지게 된 것들이 아주 많습니다. 바로 가족들, 친구들, 건강, 추억, 사랑, 우정 같은 것들입니다. 사실 나에게 정말로 소중한 것들은 모두 돈으로 (   ㉠   ). 이렇게 생각해 보면 저는 돈은 많지 않지만 아주 큰 부자인 것 같습니다.

1. ㉠에 들어갈 알맞은 말을 고르십시오.
   ① 사려고 합니다
   ② 사는 편입니다
   ③ 산 것이 아닙니다
   ④ 샀으면 좋겠습니다

2. 이 글의 내용과 같은 것을 고르십시오.
   ① 세상의 모든 것을 돈으로 살 수 있습니다.
   ② 가족, 친구, 건강은 나에게 소중한 것들입니다.
   ③ 나에게 소중한 것은 모두 돈을 내야 합니다.
   ④ 저는 돈이 없어서 부자입니다.

# 填空＋選一致內容題（七）

**題型介紹**

- 此題型為5〜7個句子組成的文章，每題3分，共2題。
- 為一篇文章，需回答2個題目：
  第67題：填空（填入合乎脈絡的選項）（3分）。
  第68題：選出與內容一致的選項（3分）。

- 단어와 중국어 해석을 보지 말고 아래의 글을 해석해 보세요.
  請試著不看單字與中文解析來分析下列文章。

1.

> 　　지금은 저녁 퇴근 후에 달리기를 하는 사람들을 자주 볼 수 있습니다. 그리고 주말에는 여기저기에서 마라톤이나 달리기 대회를 엽니다. 그래서 지금은 달리기가 가장 인기 있는 운동이 된 것 같습니다. 하지만 얼마 전에 아주 특이한 달리기 행사 하나가 생겼습니다. 그 행사의 주제는 '너무 많이 뛰지 말자'이고, 거기에서는 사람들이 1킬로미터만 뛰게 됩니다. 달리기가 좋은 운동이지만, 너무 많이 뛰면 건강에 좋지 않기 때문입니다.

**單字**

| 퇴근 下班 | 달리기 跑步 | 여기저기 到處 | 마라톤 馬拉松 |
| 대회를 열다 舉辦活動 | 인기있다 有人氣；流行 | 얼마 전 不久之前 |
| 특이하다 特異；特別 | 행사 活動 | 생기다 產生；發生 | 주제 主題 |
| 뛰다 跑；（往上）跳 | 킬로미터 公里 | 건강에 좋다 對健康好 |

**文法與句型**

N 후【句型】意思為「N之後」。
N-이／가 되다【句型】表變化。意思為「成為N」。
V-지 말자【句型】表禁止＋共動。意思為「我們不要V吧」。
V-게 되다【句型】表變化、預定。意思為「變得V；會V」。

**中文解釋**

現在經常可以看到晚上下班後跑步的人。

而且週末時在各地都有舉辦馬拉松或是賽跑比賽。

因此現今跑步似乎變成最受歡迎的運動。

但是不久前有一個非常奇特的跑步活動。

那個活動的主題是「不要跑太長」，在那裡活動時人們只跑1公里。

跑步雖然是很好的運動，但是跑太長的話是有害健康的。

- 지금은 언제 달리기를 하는 사람들을 많이 볼 수 있습니까 ?
  現在經常可以看到什麼時候去跑步的人 ?
- 이 달리기 행사에서는 왜 많이 뛰지 않습니까 ?
  這跑步活動會什麼跑得不長 ?

2.

> 날씬해지려면 음식과 운동이 모두 중요합니다. 먼저 살이 찌는 것을 막으려면 음식을 적당히 먹어야 합니다. 조금씩 자주 먹는 것도 좋은 방법입니다. 또 달리기나 수영처럼 몸을 많이 움직일 수 있는 운동을 일주일에 두세 번씩 하면 좋습니다. 마지막으로 주변 사람들에게 알리는 것도 좋습니다. 보통 주변 사람들에게 관심을 받게 되면 더 열심히 노력하게 되기 때문입니다.

**單字**

날씬해지다 變苗條 | 모두 全部 | 막다 防止；阻止 | 적당히 適當地 |
조금씩 每次少量 | 방법 方法 | 또 又；另外 |
몸을 움직이다 動身體；（讓身體）活動 | 마지막으로 最後 |
주변 사람 周遭的人 | 알리다 通知；告知；讓人知道 | 보통 一般；平常 |
관심을 받다 受到關切 | 열심히 認真地 | 노력하다 努力

**文法與句型**

V-(으)려면【連結語尾】表假定某意願。意思為「若要V」。
N-씩【接尾詞】表以某數量或程度來分配或反覆。意思為「每N；各N」。

〈 생각해 봅시다  思考一下 〉

- 날씬해지고 싶으면 음식을 어떻게 먹는 것이 좋습니까 ?
  若要變得苗條，怎麼吃食物比較好 ?
- 날씬해지고 싶을 때 주변 사람들에게 알리는 것이 왜 좋습니까 ?
  為什麼最好讓周遭的人知道你想變苗條這件事 ?

如果想要變苗條，飲食和運動都很重要。

首先，想防止發胖的話，飲食就必須節制。

少量多餐也是一個好方法。

此外，像跑步或游泳之類可以多多活動身體的運動，一週做個兩三次的話也不錯。

最後，讓周遭的人知道也不錯。

因為通常如果受到周遭人們的關切，會做得更加認真努力。

3.

> 과거에 한옥의 모양은 지방마다 달랐습니다. 북부 지방은 집을
> 'ㄷ'자 모양으로 지었습니다. 이렇게 집을 지으면 집 밖의 차가운
> 바람을 막아서 따뜻하게 겨울을 보낼 수 있습니다. 그러나 남부 지방
> 은 집을 'ㅡ'자 모양으로 지어서 바람이 잘 들어오게 했습니다. 이렇게
> 집을 지으면 더운 여름에도 바람이 잘 통해서 시원하게 보낼 수 있기
> 때문입니다. 중부 지역은 북부와 남부의 특징이 모두 있는 'ㄱ'자
> 모양으로 지은 집이 많았습니다.

### 單字

과거 過去 | 한옥 韓屋 | 모양 外觀；模樣 | 짓다 蓋（房子）|
지방 地方；地區 | 다르다 不同 | 북부 北部 | 이렇게 這樣；如此 |
집 밖 屋外；戶外 | 차갑다 冷 | 차가운 바람 冷風 | 막다 阻擋 |
따뜻하게 보내다 溫暖地度過 | 남부 南部 | 들어오다 進來 |
바람이 통하다 通風 | 시원하게 보내다 涼爽地生活 | 중부 中部 |
지역 區域；地區 | 특징 特徵

### 文法與句型

N-마다【補助詞】意思為「每N」。
N 모양으로【句型】意思為「以N的模樣；以N的樣子」。
V-게 하다【句型】表使動。意思為「使得V；好讓V」。

〈생각해 봅시다　思考一下〉

- 과거에 북부 지방 사람들은 집을 왜 'ㄷ'자 모양으로 지었습니까 ?
  過去在北部地區的人為什麼把房子蓋成「ㄷ」字型？
- 이전의 남부 사람들은 집을 왜 'ㅡ'자 모양으로 지었습니까 ?
  以前在南部地區的人為什麼把房子蓋成「ㅡ」字型？

以前韓屋的形狀在每個地區都不一樣。

北部地區將房子蓋成「ㄷ」字型的模樣。

如此可以擋住屋外的寒風，溫暖地過冬。

但是南部地區則將房子蓋成「ㅡ」字型，好讓風吹進來。

這樣建造的話，在炎熱的夏天也可通風，所以可以涼爽地生活。

中部地區很多都兼具北部和南部的特色，將房子蓋成「ㄱ」字型。

• **함께 문제 유형을 이해해 봅시다.**

　大家一起理解考題類型吧！

▶ 題型15：第67～68題──填空＋選一致內容題（七）

解題技巧

- 此題型為1題2答式：
  第67題為找出適合前後脈絡的句子（要選連結形、終結形等）。
  第68題為找出與內文一致的選項。
- 因為內文長度比較長，所以先讀第68題的「選項」，找出重複出現的關鍵詞，以便猜測本文內容提到些什麼；接著以關鍵詞為主，快速閱讀文章，掌握脈絡。
- 第67題
  此題目為找出合乎脈絡的選項：主要看括號前後的句子，不可只看掛號的句子成不成文。
- ★「填空」的題目
  ①從選項裡判斷是否皆為「同一詞彙＋不同文法」或是「同一文法＋不同詞彙」。
  ②若不屬於以上兩種，就需思考詞彙的搭配關係。
- 第68題
  看選項逐一核對內文。

[67~68] 다음을 읽고 물음에 답하십시오. (각 3점)

請閱讀下文，並回答問題。（各3分）

김준수 씨는 의사입니다. 서울의 큰 병원에서 일하고 있습니다. 환자가 많아서 바쁘지만 한 달에 한 번 농촌의 작은 마을을 찾아갑니다. 거기서 환자들을 치료해 줍니다. 진료비는 (　㉠　). 그 대신 마을 사람들은 그에게 맛있는 음식을 해 주고 쌀과 여러 가지 야채도 챙겨줍니다. 김준수 씨는 그곳에 가는 날이 즐겁습니다.

金志浩先生是醫師。在首爾的大型醫院工作。雖然患者多而忙碌，但一個月都會到農村的小村落拜訪一次。在那裡幫患者們看診。（　㉠　）診療費。而村民們煮好吃的食物給金俊秀先生吃，而且送他米跟各種蔬菜。金俊秀先生很享受去那裡的日子。

67. ㉠에 들어갈 알맞은 말을 고르십시오.

請選擇適合填入㉠的話。

① 내야 합니다　需要付
② 많이 비쌉니다　很貴
③ 별로 없습니다　沒有太多
④ 받지 않습니다　不收

68. 이 글의 내용과 같은 것을 고르십시오.

請選擇與文章的內容一致的選項。

① 김준수 씨는 바쁠 때 농촌 마을에 가지 못합니다.

　　金俊秀先生在忙的時候就不能到農村村落去。

② 서울보다 농촌의 작은 마을에 환자가 더 많습니다.

　　比起都市，農村小村落裡有更多客人。

③ 마을 사람들은 김준수 씨와 함께 요리를 합니다.

　　村民跟金俊秀先生一起做料理。

④ 김준수 씨는 마을에 가는 것을 좋아합니다.

　　金俊秀先生喜歡到村莊去。

（1）先看第68題的選項：

忙的時候無法去鄉下村落

村落裡有更多患者

村落的人一起做菜

喜歡去村落

→ 從此可以猜測內文與「在村落裡做的事情」有關。

（2）快速閱讀內文：

金俊秀先生為醫師。

首爾的大醫院工作。

患者多、忙、1個月1次去農村小村落、拜訪。

在那裡、治療患者不舒服的地方。

診療費、（　　ㄱ　　）。

取而代之，村民煮料理給、給蔬菜。

金俊秀先生、喜歡去那裡。

67.

（1）括號前面出現「진료비」，後面出現以給食物和蔬菜，而前後文以「取而代之」（그 대신）
來連接，所以從此可以猜測到「진료비」是被食物和蔬菜取代。

★一看到「돈」，應該要馬上想到可以搭配使用的詞彙，如「벌다」（賺）、「쓰다」（花）、
「모으다」（存）、「받다」（收）、「내다」（繳交）等。

①「需要付」：不符。（×）　　②「賺得很多」：不符。（×）
③「沒有太多」：不符。（×）　　④「不收」：合乎脈絡。（○）

答案：④

68.

① 第三句裡提到金俊秀先生很忙，但一個月還是會到村落去1次。（×）
②第三句裡提到患者多，但文章中未提到首爾與農村小村落的患者數比較。（×）
③在第六句裡提到是村民煮食物給金俊秀先生。（×）
④在第七句裡提到金俊秀先生很享受到村落去。（○）

答案：④

（解答請見P194）

- **유형을 이해했나요? 그러면 아래의 문제를 풀어 보세요.**

  理解題型了嗎？那麼請試著解答下列問題。

다음을 읽고 물음에 답하십시오.

---

지금은 저녁 퇴근 후에 달리기를 하는 사람들을 자주 볼 수 있습니다. 그리고 주말에는 여기저기에서 마라톤이나 달리기 대회를 엽니다. 그래서 지금은 달리기가 가장 ( ㉠ ) 운동이 된 것 같습니다. 하지만 얼마 전에 아주 특이한 달리기 행사 하나가 생겼습니다. 그 행사의 주제는 '너무 많이 뛰지 말자'이고, 거기에서는 사람들이 1킬로미터만 뛰게 됩니다. 달리기가 ( ㉡ ), 너무 많이 뛰면 건강에 좋지 않기 때문입니다.

---

1. ㉠에 들어갈 알맞은 말을 고르십시오.

   ① 힘든                    ② 어려운

   ③ 재미없는               ④ 인기 있는


2. ㉡에 들어갈 알맞은 말을 고르십시오.

   ① 좋은 운동이어서

   ② 좋은 운동이지만

   ③ 좋은 운동이기 때문에

   ④ 좋은 운동이니까

날씬해지려면 음식과 운동이 모두 중요합니다. 먼저 (　　㉠　　) 막으려면 음식을 적당히 먹어야 합니다. 조금씩 자주 먹는 것도 좋은 방법입니다. 또 달리기나 수영처럼 몸을 많이 움직일 수 있는 운동을 일주일에 두세 번씩 하면 좋습니다. 마지막으로 주변 사람들에게 알리는 것도 좋습니다. 보통 주변 사람들에게 관심을 받게 되면 더 열심히 노력하게 되기 때문입니다.

3. ㉠에 들어갈 알맞은 말을 고르십시오.

① 운동을 하는 것을　　　　　　② 음식을 먹는 것을

③ 살이 빠지는 것을　　　　　　④ 살이 찌는 것을

4. 이 글의 내용과 같은 것을 고르십시오.

① 날씬해지려면 음식을 자주 많이 먹어야 합니다.

② 날씬해지려면 음식만 적당히 먹지 않으면 됩니다.

③ 날씬해지려면 규칙적으로 운동을 하는 것이 좋습니다.

④ 날씬해지려면 주변 사람과 같이 운동해야 합니다.

과거에 한옥의 모양은 지방마다 달랐습니다. 북부 지방은 집을 'ㄷ'자 모양으로 지었습니다. 이렇게 집을 지으면 집 밖의 차가운 바람을 막아서 따뜻하게 겨울을 보낼 수 있습니다. 그러나 남부 지방은 집을 'ㅡ'자 모양으로 지어서 (　　㉠　　) 했습니다. 이렇게 집을 지으면 더운 여름에도 바람이 잘 통해서 시원하게 보낼 수 있기 때문입니다. 중부 지역은 북부와 남부의 특징이 모두 있는 'ㄱ'자 모양으로 지은 집이 많았습니다.

5. ㉠에 들어갈 알맞은 말을 고르십시오.

① 생활을 편리하게　　　　　　② 모양을 예쁘게

③ 크기가 넓게　　　　　　　　④ 바람이 잘 들어오게

6. 이 글의 내용과 같은 것을 고르십시오.

① 북부 지방의 한옥에서는 따뜻한 겨울을 보낼 수 있습니다.

② 북부 지방에서는 겨울에 따뜻한 바람이 붑니다.

③ 남부 지방의 여름은 시원합니다.

④ 북부와 남부에서는 중부 지역처럼 'ㄱ'자 모양의 집을 많이 지었습니다.

（解答請見P194）

● **실력을 테스트해 보세요.**

試著測試實力吧！

다음을 읽고 물음에 답하십시오.

> 몸이 피곤할 때 하루 종일 침대에만 누워 있는 것은 좋지 않습니다. 계속 누워 있기만 하면 몸 안에 쌓인 피로가 잘 (　　㉠　　) 않기 때문입니다. 쉬는 날에 집에서 충분히 휴식을 취하는 것도 좋지만 가끔은 그동안 무거워진 몸을 조금씩 풀어 주어야 합니다. 집 안에서 가벼운 운동을 하거나 가까운 곳에 산책을 (　　㉡　　).

1. ㉠에 들어갈 알맞은 말을 고르십시오.

① 생기지

② 풀리지

③ 나지

④ 쌓이지

2. ㉡에 들어갈 알맞은 말을 고르십시오.

① 갔다 오는 것이 좋습니다

② 갔다 오면 안 됩니다

③ 갔다 오기로 했습니다

④ 갔다 오지 않아도 됩니다

# TYPE 16

## 填空＋選一致內容題（八）

**題型介紹**

- 此題型為5～7個句子組成的文章，每題3分，共2題。
- 為一篇文章，需回答2個題目：
  第69題：填空（填入合乎脈絡的選項）（3分）。
  第70題：找出透過內容可得知的訊息（3分）。
- 第69題的選項內容比其他題型的選項還要長，甚至有的會以2個文法結合組成。

- 단어와 중국어 해석을 보지 말고 아래의 글을 해석해 보세요.
  請試著不看單字與中文解析來分析下列文章。

1.

> 　　저는 어렸을 때부터 몸이 뚱뚱해서 고민이 많았습니다. 음식을 많이 먹지 않지만 살이 계속 쪄서 부모님께서도 걱정을 많이 하셨습니다. 다이어트도 해 보고 여러 가지 운동도 해 보았지만 효과가 없었습니다. 그런데 얼마 전에 라디오에서 강연을 하나 들었습니다. 그 강연을 들은 후부터 저는 제 몸을 사랑하기로 했습니다. 조금 뚱뚱해도 괜찮습니다. 강연에서 들은 것처럼 마음만 건강하면 행복하게 살 수 있을 것 같습니다.

**單字**

어렸을 때 小時候 | 뚱뚱하다 胖 | 고민 煩惱；擔憂 | 고민이 많다 很苦惱 |
계속 一直 | 살이 찌다 變胖 | 걱정을 하다 擔心 | 다이어트 飲食控制；減肥
| 여러 가지 各種；多種 | 효과 效果 | 얼마 전 不久前 | 라디오 廣播 |
강연 演講 | 행복하게 살다 過得幸福

**文法與句型**

V / A-지 않지만【句型】表否定與轉折。意思為「雖然不V / A，但……」。
V / A-지만【連結語尾】表轉折。意思為「雖然V / A，但是……」。
V-(으)ㄴ 후부터【句型】意思為「自從V以後」。
V-기로 하다【句型】表決定或約定。意思為「決定要V；約定要V」。
V / A-아 / 어도 괜찮다【句型】表許可。意思為「V / A也沒關係」。
V / A-(으)ㄹ 것 같다【句型】表推測。意思為「好像會V / A；應該會V / A」。

**中文解釋**

我從小就很胖，所以非常苦惱。

並沒有吃很多東西但就是一直長胖，父母也相當擔心。

也嘗試過減肥，也做過許多運動，可是都沒有效果。

然而不久前在電台聽到一個演講。

自從聽了那個演講之後，我決定要愛自己的身體。

胖一點也無所謂。

如同在演講裡聽到的，只要身體健康似乎就能過得幸福。

<生각해 봅시다 思考一下>

- 이 사람이 살을 빼려고 무엇을 해 보았습니까?
  這個人為了減肥試過什麼事？
- 이 사람이 이후에도 살 때문에 걱정을 할 것 같습니까?
  未來這個人還是會為自己胖而煩惱嗎？

2.

> 저는 지난주에 동아리에서 작은 콘서트를 했습니다. 저는 이번 콘서트에서 공연을 하게 되어서 무대에서 부를 노래와 춤을 며칠 동안 연습했습니다. 공연을 할 때 내가 제일 좋아하는 옷을 입고 노래했습니다. 많은 사람들이 제가 노래하는 것을 듣고 박수를 쳐 주었습니다. 이번에 콘서트에서 노래를 부른 것은 평생 잊지 못할 추억이 될 것 같습니다.

#### 單字

동아리 社團｜콘서트를 하다 舉辦演唱會｜이번 N 這次的 N｜
공연을 하다 表演｜무대 舞台｜며칠 동안 好幾天；幾天期間｜
박수를 치다 拍手；鼓掌｜평생 畢生；一輩子｜잊지 못할 추억 難忘的回憶

#### 文法與句型

V-게 되다【句型】表預定。意思為「將要 V；預定要 V」。

V-아 / 어 주다【句型】表幫忙。意思為「幫忙 V」。

V / A-(으)ㄹ 것 같다【句型】表推測。意思為「好像會 V / A；應該會 V / A」。

<生각해 봅시다 思考一下>

- 이 사람은 이 콘서트에서 무엇을 했습니까?
  這個人在演唱會上做了什麼？
- 이 콘서트가 이 사람에게 왜 잊지 못할 추억이 될 것 같습니까?
  對這個人而言為什麼這演唱是會畢生難忘的回憶？

上週我在社團上舉辦一場小型演唱會。

我在這次演唱會上要表演，所以練習了好幾天在舞台上要唱的歌曲與要跳的舞。

表演的時候，我穿上我最喜歡的衣服唱歌。

很多人聽了我唱歌之後給予掌聲。

這次在演唱會上唱歌這件事將會是我畢生難忘的回憶。

3.

학교에서 칠판은 대부분 초록색입니다. 병원에서도 초록색을 쉽게 볼 수 있습니다. 초록색에는 스트레스와 긴장감을 풀어 주고 마음을 편하게 해 주는 효과가 있기 때문입니다. 우리가 초록색의 자연을 보면 불안한 마음이 금방 편해지는 이유도 바로 여기에 있습니다. 그래서 초록색을 치료의 색깔이라고 합니다.

### 單字

칠판 黑板｜대부분 大部分｜초록색 草綠色｜쉽게 很容易地｜
스트레스 壓力｜긴장감 緊張感｜풀다 解；消除｜편하게 하다 使得放鬆｜
효과 效果｜자연 大自然｜불안하다 不安｜금방 立即；很快就｜
바로 正是；就是｜치료 治療｜색깔 顏色

### 文法與句型

N-에 있다【句型】意思為「在於N」。
V-아 / 어 주다【句型】表幫忙。意思為「幫忙V」。
V / A-기 때문이다【句型】表原因。意思為「因為V / A」。
N-(이)라고 하다【句型】意思為「叫做N」。

〈생각해 봅시다　思考一下〉

- 초록색에는 어떤 효과가 있습니까 ?
  草綠色有什麼樣的效果 ?
- 그래서 초록색을 뭐라고 부릅니까 ?
  所以將草綠色稱作什麼顏色 ?

學校的黑板大部分是草綠色的。

在醫院也常常看得到草綠色。

因為草綠色有消除壓力和緊張且穩定心情的效果。

我們如果看到草綠色的大自然，

不安的情緒立即穩定下來的原因就在於此。

因此又稱草綠色為療癒的顏色。

- **함께 문제 유형을 이해해 봅시다.**

  大家一起理解考題類型吧！

▶ 題型16：第69～70題──填空＋選一致內容題（八）

**解題技巧**

- 此題型為1題2答式：

  第69題為找出適合前後脈絡句子。

  第70題為找出從內文可推論的內容。

- 因為內文長度比較長，所以先讀第70題的「選項」，找出重複出現的關鍵詞，以便猜測本文內容提到些什麼；接著以關鍵詞為主，快速閱讀文章，掌握脈絡。

- 第69題的選項大致會有2種：

  （1）此題目為找出合乎脈絡的選項：主要看括號前後的句子，不可只看掛號的句子成不成文。

★「填空」的題目

  ①從選項裡判斷是否皆為「同一詞彙＋不同文法」或是「同一文法＋不同詞彙」。

  ②若不屬於以上兩種，就需思考詞彙的搭配關係。

- 第70題：

  看選項逐一核對內文。

請閱讀下文，並回答問題。（各3分）

---

아버지는 여행에 관심이 없어서 외국에 거의 가 본 적이 없으셨습니다. 그런데 지난달에 무료 비행기표가 생겨서 가족 모두 태국에 여행을 갔다 오게 되었습니다. 그때부터 아버지는 여행 사이트를 (   ㉠   ). 관광 정보를 보기도 하고 숙박 정보를 보기도 하셨습니다. 가까운 나라나 먼 나라 관계없이 아버지는 열심히 정보를 읽으셨습니다. 이제 아버지는 여행하는 것에 관심을 많이 가지게 되셨습니다.

爸爸對於旅行沒有興趣，所以幾乎沒有出國過。可是上個月有得到免費機票，所以就去了泰國回來。從那時候起爸爸（   ㉠   ）旅行網站。爸爸看了觀光資訊，也看了的住宿資訊。他不管鄰近的國家還是偏遠的國家都很認真地看了資訊。如今爸爸變得開始關心旅行這件事了。

---

69. ㉠에 들어갈 알맞은 말을 고르십시오.

請選擇適合填入㉠的話。

① 찾아보실 수 없었습니다  不能搜尋

② 찾아보실 것 같았습니다  好像要搜尋

③ 찾아보시기 시작했습니다  開始搜尋

④ 찾아 보신 적이 없었습니다  沒有搜尋過

70. 이 글의 내용으로 알 수 있는 것을 고르십시오.

透過此文章內容可得知的訊息是什麼？

① 아버지는 요즘 여행에 관심을 갖게 되셨습니다.

　　爸爸最近對旅行感到有興趣。

② 아버지는 오래 전부터 외국에 다니셨습니다.

　　爸爸很久以前就常去國外。

③ 아버지만 태국에 여행을 갔다 왔습니다.

　　只又爸爸去泰國旅行。

④ 아버지는 가까운 나라보다 먼 나라에 관심이 있습니다.

　　爸爸比起鄰近的國家，對遠的國家更感到興趣。

（1）先看第70題的選項：

爸爸最近對旅行感興趣了

爸爸從很久以前出國

只有爸爸去泰國旅遊

爸爸對遠的國家更感興趣

→ 從此可以猜測內文與「爸爸的旅遊經驗或爸爸對旅遊的興趣」有關。

（2）快速閱讀內文：

爸爸對於旅行沒有興趣，所以幾乎沒有出國過。

上個月有免費機票，所以家人去泰國旅行

從那時起爸爸就（　　㉠　　）旅行網站。

看觀光資訊、住宿資訊。

不管近或遠的國家都看

如今爸爸對旅行興趣

→（第69題）以括號的那句子開頭就顯示「그때부터」（從那時起），

因此與此相呼應的內容應是「開始做某行為」。

69. 「가족 모두 여행을 갔다 오게 되었습니다. 그때부터 아버지는 여행 사이트를 （　㉠　）.」，

於是需要思考「家人都去旅行回來，所以從那時候起（對旅行沒興趣的）爸爸『要做什麼』？」。

①家人都去旅行回來，所以從那時候起（對旅行沒興趣的）爸爸「不能搜尋（旅行網站）」。不符。（×）

②家人都去旅行回來，所以從那時候起（對旅行沒興趣的）爸爸「好像會搜尋（旅行網站）」。不符。（×）

③家人都去旅行回來，所以從那時候起（對旅行沒興趣的）爸爸「開始搜尋（旅行網站）」。合乎脈絡。（○）

④家人都去旅行回來，所以從那時候起（對旅行沒興趣的）爸爸「沒有搜尋過（旅行網站）」。不符。（×）

答案：③

70. ①本來爸爸對旅行沒有興趣，但是上個月跟家人去泰國後，就變得感興趣了。（○）

②文中沒有提到爸爸常出國。（×）

③是跟全家人一起去的。（×）

④爸爸無論對鄰近或偏遠的國家都感到興趣。（×）

答案：①

（解答請見P195）

• **유형을 이해했나요? 그러면 아래의 문제를 풀어 보세요.**

　理解題型了嗎？那麼請試著解答下列的問題。

다음을 읽고 물음에 답하십시오.

> 　저는 어렸을 때부터 몸이 뚱뚱해서 고민이 많았습니다. 음식을 많이 먹지 않지만 살이 계속 쪄서 부모님께서도 걱정을 많이 하셨습니다. 다이어트도 해 보고 여러 가지 운동도 해 보았지만 효과가 없었습니다. 그런데 얼마 전에 라디오에서 강연을 하나 들었습니다. 그 강연을 ( 　㉠　 ) 저는 제 몸을 사랑하기로 했습니다. 조금 뚱뚱해도 괜찮습니다. 강연에서 들은 것처럼 마음만 건강하면 행복하게 살 수 있을 것 같습니다.

1. ㉠에 들어갈 알맞은 말을 고르십시오.

　① 산 후부터　　　　　　　② 간 후부터

　③ 들은 후부터　　　　　　④ 본 후부터

2. 이 글의 내용으로 알 수 있는 것을 고르십시오.

　① 저는 건강이 좋지 않습니다.

　② 저는 지금도 다이어트를 하고 있습니다.

　③ 제가 본 강연에서는 마음의 건강을 얘기했습니다.

　④ 저는 뚱뚱해서 행복하지 않습니다.

저는 지난주에 동아리에서 작은 콘서트를 했습니다. 저는 이번 콘서트에서 공연을 하게 되어서 무대에서 부를 노래와 춤을 며칠 동안 연습했습니다. (  ㉠  ) 내가 제일 좋아하는 옷을 입고 노래했습니다. 많은 사람들이 제가 노래하는 것을 듣고 박수를 쳐 주었습니다. 이번에 콘서트에서 노래를 부른 것은 평생 잊지 못할 추억이 될 것 같습니다.

3. ㉠에 들어갈 알맞은 말을 고르십시오.

　　① 공연을 하고 나서　　　　　② 공연을 하고 싶어서

　　③ 공연을 할 때　　　　　　　④ 공연을 할 테니까

4. 이 글의 내용으로 알 수 있는 것을 고르십시오.

　　① 콘서트에서 노래를 부르는 방법을 배울 수 있습니다.

　　② 노래를 부르면서 박수를 쳐야 합니다.

　　③ 콘서트에 특별한 준비를 하고 갔습니다.

　　④ 저는 노래를 듣고 기분이 좋았습니다.

학교에서 칠판은 대부분 초록색입니다. 병원에서도 초록색을 쉽게 볼 수 있습니다. 초록색에는 스트레스와 긴장감을 (  ㉠  ) 마음을 편하게 해 주는 효과가 있기 때문입니다. 우리가 초록색의 자연을 보면 불안한 마음이 금방 편해지는 이유도 바로 여기에 있습니다. 그래서 초록색을 치료의 색깔이라고 합니다.

5. ㉠에 들어갈 알맞은 말을 고르십시오.

　　① 좋게 해서　　　　　　　　② 풀어 주고

　　③ 있으면서　　　　　　　　④ 치료하려면

6. 이 글의 내용으로 알 수 있는 것을 고르십시오.

　　① 초록색에는 심리 상태를 편하게 하는 효과가 있습니다.

　　② 초록색은 스트레스와 불안의 색깔입니다.

　　③ 병원에서 치료할 때 꼭 초록색을 사용합니다.

　　④ 학교의 칠판은 초록색밖에 없습니다.

（解答請見P195）

• **실력을 테스트해 보세요.**

試著測試實力吧！

다음을 읽고 물음에 답하십시오.

---

저는 동물 보호센터에서 일하고 있습니다. 한 달 전에 제가 일하는 동물 보호센터에 작고 귀여운 강아지 한 마리가 새로 들어왔습니다. 저는 그 강아지에게 '코코'라는 이름을 지어 주었습니다. '코코'는 사람 말도 잘 듣고 착해서 그동안 정이 많이 들었습니다. 그런데 오늘 '코코'가 좋은 주인을 만나서 우리 보호센터를 떠나게 되었습니다. 저는 '코코'와 헤어지는 것이 많이 (　　㉠　　) '코코'가 새집에서 즐겁게 잘 살았으면 좋겠습니다.

---

1. ㉠에 들어갈 알맞은 말을 고르십시오.

① 행복하지만

② 즐겁지만

③ 섭섭하지만

④ 정이 들었지만

2. 이 글의 내용을 통해 알 수 있는 것은 무엇입니까?

① 동물 보호센터는 작은 강아지들만 들어올 수 있습니다.

② 동물 보호센터에 오는 강아지들은 보통 작고 귀엽습니다.

③ 저는 코코가 앞으로 행복하게 지냈으면 좋겠습니다.

④ 동물 보호센터에서 강아지들을 치료하는 것은 힘듭니다.

# PART 2

## 解答 & 補充

## TYPE 1 　유형 1　題型 1

**Step 3 연습　練習**

1. ①　2. ②　3. ③　4. ③　5. ②　6. ①　7. ④　8. ④　9. ③　10. ②

11. ②　12. ④　13. ④　14. ②　15. ②

**Step 4 실전 문제　實戰**

1. ②　2. ③　3. ④　4. ①　5. ④

## TYPE 2 　유형 2　題型 2

**Step 3 연습　練習**

1. ④　2. ④　3. ①　4. ②　5. ④　6. ①　7. ②　8. ④　9. ②　10. ①

11. ①　12. ②　13. ③　14. ①　15. ③

**Step 4 실전 문제　實戰**

1. ④　2. ①　3. ②　4. ①　5. ②

## TYPE 3 　유형 3　題型 3

**Step 3 연습　練習**

1. ③　2. ④　3. ③　4. ②　5. ②　6. ③　7. ①　8. ④　9. ④　10. ③

**Step 4 실전 문제　實戰**

1. ④　2. ③　3. ①　4. ③　5. ④

| TYPE 4 | 유형 4  題型 4 |
|---|---|

Step 3 연습  練習

1. ④    2. ①    3. ③    4. ③    5. ①    6. ④    7. ①    8. ②

Step 4 실전 문제  實戰

1. ③    2. ③    3. ④    4. ①

| TYPE 5 | 유형 5  題型 5 |
|---|---|

Step 3 연습  練習

1. ②    2. ④    3. ④    4. ④    5. ③    6. ④    7. ③    8. ③

Step 4 실전 문제  實戰

1. ①    2. ①    3. ④    4. ③

| TYPE 6 | 유형 6  題型 6 |
|---|---|

Step 3 연습  練習

1. ④    2. ③    3. ②    4. ①    5. ①    6. ③

Step 4 실전 문제  實戰

1. ④    2. ③

## TYPE 7　유형 7　題型 7

Step 3 연습　練習

1. ④　　2. ③　　3. ③　　4. ④　　5. ②　　6. ①

Step 4 실전 문제　實戰

1. ④　　2. ②

## TYPE 8　유형 8　題型 8

Step 3 연습　練習

1. ①　　2. ②　　3. ①　　4. ②　　5. ②　　6. ①

Step 4 실전 문제　實戰

1. ②　　2. ①

## TYPE 9　유형 9　題型 9

Step 3 연습　練習

1. ④　　2. ①　　3. ③　　4. ①　　5. ④　　6. ③

Step 4 실전 문제　實戰

1. ④　　2. ③

## TYPE 10　유형 **10**　題型 **10**

Step 3 연습　練習

1.①　　2.④　　3.①　　4.②　　5.①　　6.③

Step 4 실전 문제　實戰

1.②　　2.①

## TYPE 11　유형 **11**　題型 **11**

Step 3 연습　練習

1.④　　2.③　　3.①　　4.③　　5.③　　6.②

Step 4 실전 문제　實戰

1.①　　2.②

## TYPE 12　유형 **12**　題型 **12**

Step 3 연습　練習

1.①　　2.④　　3.④　　4.①　　5.①　　6.④

Step 4 실전 문제　實戰

1.②　　2.④

# 解答　TYPE 13 ~ TYPE 15

## TYPE 13　유형 13　題型 13

Step 3 연습　練習

1. ①　2. ②　3. ②　4. ③　5. ①　6. ③

Step 4 실전 문제　實戰

1. ③　2. ①

## TYPE 14　유형 14　題型 14

Step 3 연습　練習

1. ①　2. ③　3. ④　4. ①　5. ①　6. ①

Step 4 실전 문제　實戰

1. ③　2. ②

## TYPE 15　유형 15　題型 15

Step 3 연습　練習

1. ④　2. ②　3. ④　4. ③　5. ④　6. ①

Step 4 실전 문제　實戰

1. ②　2. ①

| TYPE 16 | 유형 **16**　題型 **16** |
|---------|----------------------|

Step 3 연습　練習

1. ③　　2. ③　　3. ③　　4. ③　　5. ②　　6. ①

Step 4 실전 문제　實戰

1. ③　　2. ③

## Step 3 연습 練習

是關於什麼的敘述？請選出適合的選項。

| 答案 | 補充 | | | |
|---|---|---|---|---|
| 1. ① | ① 시간 時間 | ② 음식 食物 | ③ 메뉴 菜單 | ④ 식당 餐廳 |
| 2. ② | ① 선물 禮物 | ② 요일 星期 | ③ 날짜 日期 | ④ 직업 職業 |
| 3. ③ | ① 기분 心情 | ② 날씨 天氣 | ③ 날짜 日期 | ④ 요일 星期 |
| 4. ③ | ① 취미 興趣 | ② 음식 食物 | ③ 약속 約定 | ④ 날짜 日期 |
| 5. ② | ① 생일 生日 | ② 나이 年齡 | ③ 요일 星期 | ④ 기분 心情 |
| 6. ① | ① 쇼핑 購物 | ② 가족 家人 | ③ 약속 約定 | ④ 취미 興趣 |
| 7. ④ | ① 과일 水果 | ② 물건 東西 | ③ 사람 人 | ④ 음식 食物 |
| 8. ④ | ① 여행 旅行 | ② 방학 放假 | ③ 과일 水果 | ④ 날씨 天氣 |
| 9. ③ | ① 식당 餐廳 | ② 장소 場所 | ③ 물건 東西 | ④ 위치 位置 |
| 10. ② | ① 날짜 日期 | ② 계절 季節 | ③ 여행 旅行 | ④ 나라 國家 |
| 11. ② | ① 장소 場所 | ② 취미 興趣 | ③ 전화 電話 | ④ 약속 約定 |
| 12. ④ | ① 이름 名字 | ② 가족 家人 | ③ 장소 場所 | ④ 운동 運動 |
| 13. ④ | ① 약속 約定 | ② 취미 興趣 | ③ 소개 介紹 | ④ 교통 交通 |
| 14. ② | ① 주말 週末 | ② 위치 位置 | ③ 계절 季節 | ④ 직업 職業 |
| 15. ② | ① 취미 興趣 | ② 장소 場所 | ③ 시간 時間 | ④ 음식 食物 |

是關於什麼的敘述？請選出適合的選項。

1.

> 邁克先生是美國人。理惠小姐是日本人。

| 答案 | 補充 |
|------|------|
| ② | ① 날짜 日期　② 나라 國家　③ 과일 水果　④ 여행 旅行 |

**單字**

**씨** 先生；小姐｜**미국** 美國｜**일본** 日本｜**사람** 人

**文法與句型**

N-은 / 는 N-이다【句型】意思為「N是N」。

2.

> 父親是醫生。母親是家庭主婦。

| 答案 | 補充 |
|------|------|
| ③ | ① 음식 食物　② 계절 季節　③ 직업 職業　④ 취미 興趣 |

**單字**

**아버지** 父親｜**의사** 醫生｜**어머니** 母親｜**주부** 主婦

3.

> 這是牛奶。那是果汁。

| 答案 | 補充 |
|------|------|
| ④ | ① 장소 地點　② 약속 約定　③ 시간 時間　④ 음식 食物 |

**單字**

**이것** 這個｜**우유** 牛奶｜**저것** 那個｜**주스** 果汁

4.

> 父親喜歡游泳。可是哥哥喜歡電影。

| 答案 | 補充 |
|---|---|
| ① | ① 가족 家人  ② 교통 交通  ③ 물건 東西  ④ 약국 藥局 |

**수영** 游泳 | **좋아하다** 喜歡 | **하지만** 但是 | **오빠** 哥哥 | **영화** 電影

5.

> 我從英國來的。朋友從加拿大來的。

| 答案 | 補充 |
|---|---|
| ④ | ① 운동 運動  ② 쇼핑 購物  ③ 취미 興趣  ④ 고향 故鄉 |

**영국** 英國 | **친구** 朋友 | **캐나다** 加拿大

文法與句型

N-에서 왔다【句型】意思為「從N來；來自N」。

## Step 3 연습 練習

請選出最適合填入（　　　　　　　）的選項。

| 答案 | 補充 |
|---|---|
| 1.④ | ① 하다　做<br>② 시작하다　開始<br>③ 배우다　學<br>④ 배웠다　學了（「배우다」的過去式） |
| 2.④ | ① 그렇게　那樣　　② 그런데　不過；但是<br>③ 그렇지만　但是；儘管如此　④ 그러니까　因此；所以 |
| 3.① | ① 언니　姊姊　　② 동생　弟弟；妹妹<br>③ 엄마　媽媽　　④ 아빠　爸爸 |
| 4.② | ① 같이　【副詞格助詞】意思為「像N」。<br>② N-하고【副詞格助詞】意思為「和N一起做」。<br>③ N-한테【副詞格助詞】意思為「向N（某人）」。<br>④ N-에게【副詞格助詞】意思為「向N（某人）」。 |
| 5.④ | ① 크다　大的　　② 많다　多的<br>③ 작다　小的　　④ 어리다　年幼；年紀小 |
| 6.① | ① 주문했다（「주문하다」的過去式）<br>② 만들었다（「만들다」的過去式）<br>③ 좋아했다（「좋아하다」的過去式）<br>④ 있었다（「있다」的過去式） |
| 7.② | ① 갔다（「가다」的過去式）去<br>② 내렸다（「내리다」的過去式）下<br>③ 다녔다（「다니다」的過去式）去（上班；上課）<br>④ 샀다（「사다」的過去式）買 |
| 8.④ | ① 그러면　那麼　　② 아직　還<br>③ 아마　也許；大概　④ 그렇지만　但是；儘管如此 |

| | |
|---|---|
| 9. ② | ① N-하고【接續助詞】意思為「N和（N）」。<br>② N-에【副詞格助詞】表示價值判斷或計算的基準單位。意思為「每N」。<br>③ N-을／를【目的格助詞】表受詞。<br>④ N-에서【副詞格助詞】意思為「在N」。 |
| 10. ① | ① N-에게【副詞格助詞】意思為「向N；給N」。<br>② N-을／를【目的格助詞】表受詞。<br>③ N-하고【接續助詞】意思為「N和（N）」。<br>④ N-이／가【主格助詞】表主語。 |
| 11. ① | ① 미술관 美術館　　　② 도서관 圖書館<br>③ 박물관 博物館　　　④ 수영장 游泳池 |
| 12. ② | ① 별로 不太　　　　② 자주 常常<br>③ 어서 趕快　　　　④ 너무 太；非常 |
| 13. ③ | ① 가다 去　　　　　② 있다 有<br>③ 막히다 堵塞　　　④ 넓다 寬廣 |
| 14. ① | ① 가깝다 近　　　　② 걸리다 花（時間）<br>③ 걷다 走路　　　　④ 타다 騎；搭 |
| 15. ③ | ① 학교 學校　　　　② 백화점 百貨公司<br>③ 미용실 美容院　　　④ 운동장 運動場 |

請選出最適合填入（　　　　　）的選項。

1.

| 我是韓國人。朋友是（　　　　　）。 |
| --- |

| 答案 | 補充 | |
| --- | --- | --- |
| ④ | ① 가다 去 | ② 선물 禮物 |
| | ③ 공부하다 讀書；學習 | ④ 영국 사람 英國人 |

單字

한국 사람 韓國人 | 영국 사람 英國人

2.

| 我在公司（　　　　　）。朋友在學校教鋼琴。 |
| --- |

| 答案 | 補充 | |
| --- | --- | --- |
| ① | ① 다니다 去（上班；上課） | ② 타다 搭 |
| | ③ 보다 看 | ④ 듣다 聽 |

單字

회사 公司 | 학교 學校 | 피아노 鋼琴 | 가르치다 教

文法與句型

N-에 다니다【句型】意思為「去N上班；去N上課」。

3.

| 我是詹姆斯。（　　　　　）我的朋友是馬克。 |
| --- |

| 答案 | 補充 | |
| --- | --- | --- |
| ② | ① 그래서 所以；因此 | ② 그리고 還有 |
| | ③ 그러면 那麼 | ④ 그러니까 所以 |

單字

제 我的 | 그리고 還有；而且

4.

| 哥哥（ ）公司工作。最近很忙。 |
|---|

| 答案 | 補充 |
|---|---|
| ① | ① N-에서【副詞格助詞】表發生某行為的場所。意思為「在N做」。<br>② N-에【副詞格助詞】表示發生某行為或狀況的時間；到達目的地。<br>③ N-이／가【主格助詞】表主詞。<br>④ N-하고【接續助詞】意思為「和N」。 |

單字

회사 公司｜일하다 工作｜요즘 最近｜바쁘다 忙的

文法與句型

N-에서【助詞】表地點。

5.

| 我有一位姊姊。我們住（ ）首爾。 |
|---|

| 答案 | 補充 |
|---|---|
| ② | ① N-와／과【副詞格助詞】表一起做某行為。意思為「和N一起做」。<br>② N-에 살다【句型】意思為「住在N」。<br>③ N-에게【副詞格助詞】表動作的對象。意思為「向N（某人）；給N（某人）」。<br>④ N-을／를【助詞】表受詞。 |

單字

언니 姊姊｜한 명 一個（人）｜있다 有｜살다（삽니다）住

Step 3 연습 練習

請閱讀下文，選出不正確的選項。

1.

| 答案 | 補充 |
|---|---|
| ③ | ①一個月期間可享有優惠。<br>②酒類無法打折。<br>③購物超過10萬元的話可再享有折扣。<br>④這家超市開幕三年了。 |

**單字**

**할인을 받다** 得到折扣 ｜ **이상** 以上 ｜ **더 받다** 得到更多 ｜ **개업하다** 開幕；開業

**文法與句型**

N（時間）동안【句型】意思為「在N（時間）的期間」。
V-(으)ㄴ 지 N（時間）되다【句型】表發生某行為所經過的N（時間）。

2.

| 答案 | 補充 |
|---|---|
| ④ | ①此圖書館沒有休館日。<br>②週末開放到五點。<br>③一次可借十本書。<br>④星期二可使用到晚上十點。 |

**單字**

**쉬는 날** 休息日；公休日 ｜ **열다** 開；營業 ｜ **한 번에 열 권** 一次十本 ｜ **빌리다** 租借 ｜
**이용하다** 使用

3.

| 答案 | 補充 |
|------|------|
| ③ | ①去這裡之前必須先預約。<br>②從早上十點開放到下午五點半。<br>③不能每天去這裡。<br>④這裡不能吸煙。 |

미리 提早；事先 | 예약하다 預約 | 매일 每日；每天 | 담배를 피우다 抽菸

V-기 전에【句型】意思為「在V之前」。
V-아 / 어야 하다【句型】表義務、應當。意思為「必須V；得V」。
N（時間）-까지 열다【句型】意思為「營業到N（時間）」。
V-(으) ㄹ 수 없다【句型】表能力、可能性。意思為「不可以V；不能V」。

4.

| 答案 | 補充 |
|------|------|
| ② | ①三點時可以聽傳統音樂。<br>②六點時可以看電影。<br>③新聞播放一個小時。<br>④新聞從五點開始。 |

전통 음악 傳統音樂 | 시작하다 開始

V-(으)ㄹ 수 있다【句型】表能力、可能性。意思為「可以V；能V」。
N（時間）동안【句型】意思為「N（時間）的期間」。

5.

| 答案 | 補充 | |
|---|---|---|
| ② | ①付二千五百元。<br>③兒童可以進入。 | ②星期日也可以參觀。<br>④下午六點結束。 |

**내다** 繳交；付 ｜ **어린이** 小朋友；兒童 ｜ **끝나다** 結束

6.

| 答案 | 補充 |
|---|---|
| ③ | ①在二樓教室辦聚會。<br>②在這裡學跳舞。<br>③8點開始聚會。<br>④此聚會是外國人參加。 |

單字

**모임** 團體；聚會 ｜ **모임을 하다** 聚集 ｜ **춤** 舞蹈 ｜ **시작하다** 開始 ｜ **외국인** 外國人 ｜
**참가하다** 參加

7.

| 答案 | 補充 | |
|---|---|---|
| ① | ①晚上不用吃藥。<br>③服藥三天。 | ②飯前服藥。<br>④該藥是麗子小姐的藥。 |

單字

**식사를 하다** 用餐 ｜ **삼 일 동안** 三天期間

文法與句型

V-기 전에【句型】意思為「V之前」。
V / A-지 않다【句型】表意志、單純否定。意思為「不V / A」。

8.

| 答案 | 補充 |
|------|------|
| ④ | ①星期五看電影。<br>②在「未來大學」看電影。<br>③這個活動可以不用付費。<br>④看電影看到晚上七點。 |

單字

돈을 내다 付錢｜행사 活動

文法與句型

V-지 않아도 되다【句型】意思為「不必V」。
N（時間）-까지【補助詞】表終點。意思為「到N（時間）」。

9.

| 答案 | 補充 |
|------|------|
| ④ | ①瑜伽課在星期一晚上。<br>②星期二中午和金代理有約。<br>③星期四的會議從早上十點開始。<br>④星期六晚上八點要和美英見面。 |

單字

정오 中午（12點整）｜약속이 있다 有約｜시작하다 開始

文法與句型

V-(으)ㄹ 것이다【句型】表計畫、推測。意思為「將會V」。

10.

| 答案 | 補充 |
|------|------|
| ③ | ①朴代理應該將資料交給金部長。<br>②高代理家裡有事。<br>③高代理今天不能來開會。<br>④高代理打完電話後就會出發。 |

**單字**

드리다 （「주다」的敬語）給；奉上 ∣ 일이 생기다 發生事情；有事 ∣ 출발하다 出發

**文法與句型**

N（人）-께【副詞格助詞】表動作的對象（「-에게」的敬語）。意思為「向N（人）」。

V-(으)ㄴ 후에【句型】意思為「V之後」。

請閱讀下文，選出不正確的選項。

1.

> 一起瘦身吧！
> 一起來運動，可交到新朋友又可減肥，如何？
>
> 地點：世宗公園內的廣場
> 時間：每週一、三、五上午7點～8點
> 參加費用：免費
> 講師：高英哲（現世宗健身中心教練）
> ・來參加時請務必攜帶水和毛巾！

| 答案 | 補充 |
|---|---|
| ④ | ①運動時間是一小時。　②一定要準備水和毛巾。<br>③此聚會每週辦三次。　④想參加此聚會必須付費。 |

**單字**

운동 시간 運動時間｜반드시 務必｜일주일에 세 번 一週三次

**文法與句型**

V-아 / 어야 하다【句型】表義務。意思為「必須V」。
V-(으)려면【連結語尾】表假定某意願。意思為「若要V」。

2.

> 幸福診所看診介紹
>
> 平日（一～五）　9：30～19：00
> 週六　　　　　　10：00～17：00
> 〈午餐時間　12：00～13：30〉

| 答案 | 補充 |
|---|---|
| ③ | ①星期三九點半開門。　②午餐時間到一點三十分。<br>③週末不看診。　　　　④晚上七點以後關門。 |

문을 열다 開門；開始營業 | 진료를 하다 看診 | 이후 以後 | 문을 닫다 關門；結束營業

**文法與句型**

N（時間）-까지이다【句型】意思為「到N為止」。
V-지 않다【句型】表否定。意思為「不V」。

3.

> 攝影展邀請
>
> 邀請各位參觀國內知名攝影家崔民勝的攝影展
> 期間：5/1～5/30
> 時間：上午10：30～晚上18：30（週日休館）
> 地點：吾麗大樓3F展覽室
> 門票：首爾市民可免費參觀

| 答案 | 補充 |
|------|------|
| ① | ①可以在吾麗大樓四樓看展覽。<br>②住在首爾的人不用門票。<br>③展出一個月。<br>④星期日不開門。 |

**單字**

전시를 보다 看展覽 | 입장료 入場費 | 전시를 하다 舉辦展覽 | 문을 열다 開門；開館

**文法與句型**

N（某處）-에 사는 사람【句型】意思為「住在N的人」。

4.

二手衣出售
廉價出售不穿的衣服
不是新衣服，但是很乾淨

T恤最多優惠50%
裙子、褲子最多優惠30%

如需詳細諮詢請參考以下網址

http://junggossa.net

| 答案 | 補充 |
|---|---|
| ③ | ①便宜出售乾淨的二手衣。　②可以用網路聯絡。<br>③T恤全部半價出售。　④這裡不賣新衣服。 |

**單字**

중고 中古 | 싸게 팔다 便宜販賣 | 연락하다 聯絡 | 모두 全部 | 반값에 팔다 以半價販賣 | 새 옷 全新衣服 | 깨끗하다 乾淨的

**文法與句型**

N-(으)로【副詞格助詞】表方法、手段。意思為「用N」。
V-(으)면 되다【句型】表某條件之充分。意思為「V就」。
V-지 않다【句型】表否定。意思為「不V」。

5.

首爾大樓介紹

4F 天使咖啡館
3F 努力書店
2F 荷娜美容院
1F 未來銀行 吾麗藥局

| 答案 | 補充 | |
|---|---|---|
| ④ | ①藥局在一樓。 | ②三樓有書店。 |
| | ③咖啡館在書店樓上。 | ④銀行在美容院旁邊。 |

**文法與句型**

N-에 있다【句型】意思為「位於N」。
N 위에 있다【句型】意思為「位於N上面」。
N 옆에 있다【句型】意思為「位於N旁邊」。

## Step 3 연습 練習

請選出與下文內容一致的選項。

1.

| 答案 | 補充 |
|---|---|
| ④ | ①每次放假都去海邊。<br>②我這次放假做了很多旅遊。<br>③和朋友去海邊玩了。<br>④打算下星期去旅行。 |

**文法與句型**

N-마다【補助詞】意思為「每N」。
N-에 놀러 가다【句型】意思為「到N去玩」。

2.

| 答案 | 補充 |
|---|---|
| ① | ①我下週也要去拍照。<br>②這個週末也照了花卉和樹木。<br>③每個週末都拍花卉和樹木。<br>④下個星期也打算去公園。 |

**單字**

사진을 찍으러 가다 去拍照 | 꽃과 나무를 찍다 拍攝花與樹 | 주말마다 每個週末

**文法與句型**

V-(으)려고 하다【句型】表目的、意圖。意思為「為了V；打算V」。

3.

| 答案 | 補充 |
|---|---|
| ③ | ①我去美國見朋友。<br>②我們教韓語。<br>③那位朋友三年前來韓國。<br>④我們每天見面，進行語言交換。 |

單字

가르치다 教｜언어 교환을 하다 進行語言交換

文法與句型

N（某人）-을 / 를 만나러 N（某處）-에 가다【句型】意思為「到N去見N」。
N（時間）전【句型】意思為「N前」。

4.

| 答案 | 補充 | |
|---|---|---|
| ③ | ①我沒有搭到公車。 | ②我生朋友的氣了。 |
| | ③我遲到了。 | ④我沒有遇到朋友。 |

單字

만나다 見面；會面

文法與句型

V-지 못하다【句型】表能力否定。意思為「無法V」。
N（某人）-한테 화를 내다【句型】意思為「對N生氣」。

5.

| 答案 | 補充 | |
|---|---|---|
| ① | ①我每週五運動。 | ②我散步到公園。 |
| | ③我運動後吃晚餐。 | ④我在運動前喝水。 |

**單字**

매주 每週

**文法與句型**

V1-고 V2【連結語尾】表順序。意思為「先V1，然後V2」。

N（某事）전【句型】意思為「N之前」。

6.

| 答案 | 補充 | |
|---|---|---|
| ④ | ①我下週生日。 | ②朋友製作了帽子。 |
| | ③我送禮物給朋友了。 | ④我喜歡朋友的禮物。 |

**單字**

만들다 製作｜마음에 들다 喜歡；合心意

**文法與句型**

N（某人）-에게 주다【句型】意思為「給N（某人）」。

7.

| 答案 | 補充 |
|---|---|
| ① | ①我送了朋友生日禮物。<br>②我今天生日。<br>③我吃過飯後和朋友見了面。<br>④我和朋友吃飯，所以很高興。 |

**單字**

기쁘다 開心

**文法與句型**

N（某人）-에게 N（物件）-을 / 를 주다【句型】意思為「將N給N（某人）」。

8.

| 答案 | 補充 |
|:---:|:---|
| ② | ①我常常去美術館。<br>②我今天去美術館看了畫。<br>③我一個人去了美術館。<br>④我在美術館和媽媽見了面。 |

**單字**

**자주** 常常 ｜ **미술관** 美術館

**文法與句型**

혼자 V【句型】意思為「獨自V」。

請選出與下文內容一致的選項。

1.

> 我不會游泳，所以最近在學游泳。游泳真的很好玩。因此雖然游泳池很遠，還是每天去游泳。

| 答案 | 補充 |
|---|---|
| ③ | ①游泳池有點近。　②我討厭學游泳。<br>③我每天去游泳池。　④我要學游泳。 |

單字

**가깝다** 近 | **날마다** 每天

文法與句型

V-는 것이 싫다【句型】意思為「不喜歡V」。

2.

> 我每二天做一次運動。有時在家運動，有時在公園運動。每次運動一個小時。

| 答案 | 補充 |
|---|---|
| ③ | ①我每天做運動。<br>②我只在公園做運動。<br>③我一次運動一個小時。<br>④我一個星期做二次運動。 |

單字

**한 번에 한 시간씩** 每一次一個小時 | **일주일에 두 번씩** 每週兩次

文法與句型

N（地點）-에서만【句型】意思為「僅在N；只有在N」。

3.

| 我朋友下個月來韓國。我朋友現在住在台灣。他是韓國人。 |
|---|

| 答案 | 補充 |
|---|---|
| ④ | ①我朋友下週會去台灣。　②我朋友是台灣人。<br>③我朋友將要來台灣。　④我朋友將從台灣來。 |

單字

**타이완에 가다** 到台灣去 | **타이완 사람** 台灣人 | **타이완에 오다** 到台灣來 |
**타이완에서 오다** 從台灣來

4.

| 昨天下午去了博物館。但是博物館只開放到十二點。因此無法參觀。 |
|---|

| 答案 | 補充 |
|---|---|
| ① | ①昨天想去博物館參觀。<br>②昨天博物館沒開。<br>③昨天沒去博物館。<br>④昨天博物館從十二點起開放。 |

單字

**열다** 開；營業

文法與句型

N-에 가서 구경하다【句型】意思為「去到N參觀」。
N（時間）-부터 하다【句型】意思為「從N開始做；從N開始營業」。

## Step 3 연습 練習

請閱讀下文，並選出短文的主題。

1.

| 答案 | 補充 |
|:---:|---|
| ② | ①我應該在公園散步一個小時。<br>②既可以運動又可以思考，所以我喜歡散步。<br>③獨自散步的話會變健康。<br>④早晨散步最好。 |

**單字**

운동과 생각을 하다　做運動與思考 ｜ 건강해지다　變得健康

**文法與句型**

N（時間）동안【句型】意思為「N期間」。
V-아야／어야 하다【句型】表義務。意思為「得V」。
V-(으)면【連結語尾】表假定、條件。意思為「若V的話」。
V-는 것이 가장 좋다【句型】意思為「最好V」。

2.

| 答案 | 補充 |
|:---:|---|
| ④ | ①很多人討厭雨。<br>②不下雨空氣就不好。<br>③人們討厭雨而喜歡空氣。<br>④因為下雨的話空氣會變好，所以喜歡。 |

**單字**

나쁘다　不好；壞 ｜ 좋아지다　變好 ｜ 공기가 좋아져서 좋다　因空氣變好而喜歡

3.

| 答案 | 補充 |
|---|---|
| ④ | ①我在日記裡寫下今天一天當中高興的事情。<br>②我每天在睡覺前寫下一些高興的事情。<br>③我每天快樂，所以寫日記。<br>④在日記裡寫下一些感謝的事情，可以過著快樂的日子。 |

單字

하루 동안 一天期間 | 기쁜 일 高興的事；愉快的事 | 즐겁다 愉快 | 기쁜 날 愉快的日子

文法與句型

V-기 전【句型】意思為「V之前」。

N（時間）-을 / 를 보내다【句型】意思為「度過N」。

4.

| 答案 | 補充 |
|---|---|
| ④ | ①我想在電影院看電影。<br>②我要和朋友去吃晚餐。<br>③我要和朋友聊電影。<br>④我想和朋友一起度過週末。 |

單字

저녁을 먹으러 가다 去吃晚餐 | 영화 이야기를 하다 談（聊）電影 | 주말을 보내다 度過週末

5.

| 答案 | 補充 |
|---|---|
| ③ | ①我想住在釜山。 ②我想遇到合適的人。<br>③我結婚後想住好的房子。 ④我想在今年結婚。 |

單字

좋은 사람 好人 | 만나다 見面；認識 | 올해 今年 | 결혼을 하다 結婚

文法與句型

N（某事）후【句型】意思為「N之後」。

6.

| 答案 | 補充 |
|------|------|
| ④ | ①我哥哥喜歡大一點的衣服。<br>②我哥哥的衣服小，所以不舒服。<br>③我哥哥要去商店買衣服。<br>④我哥哥的肩膀很寬，所以很難買衣服。 |

**單字**

큰 옷 大衣服 | 불편하다 不方便；不舒服 | 사러 가다 去買 | 어깨가 넓다 肩膀寬大

**文法與句型**

V-기가 어렵다【句型】意思為「很難V」。

7.

| 答案 | 補充 |
|------|------|
| ③ | ①我今天去了電影院。　②我經常去電影院。<br>③我在等電影。　④我要買那部電影的票。 |

**單字**

기다리다 等待 | 영화표 電影票

8.

| 答案 | 補充 |
|------|------|
| ③ | ①我今天應該買果汁。　②我經常吃甜食。<br>③我喜歡今天買的果汁。　④我要經常去那家商店。 |

**單字**

단 음식 甜的食物 | 오늘 산 주스 今天買的果汁 | 마음에 들다 喜歡

請閱讀下文，並選出短文的主題。

1.

> 　　我不會畫圖。但是我的弟弟（妹妹）畫圖畫得很好。我希望也能像弟弟（妹妹）一樣會畫圖。

| 答案 | 補充 |
|---|---|
| ① | ①我希望會畫圖。<br>②我喜歡我弟弟（妹妹）畫的圖。<br>③我要畫我的弟弟（妹妹）。<br>④我和弟弟（妹妹）一起畫了圖。 |

**單字**

그림을 잘 그리다 很會畫畫｜동생이 그린 그림 弟弟（妹妹）畫的圖

**文法與句型**

N-을 / 를 그리다【句型】意思為「畫N」。
N-와 / 과 같이【句型】意思為「與N一起」。

2.

> 　　學習韓語不是容易的事。但是我每天看韓劇學韓語。希望將來韓語會更好。

| 答案 | 補充 | |
|---|---|---|
| ① | ①希望韓語會更好。 | ②韓語很難。 |
| | ③我的韓語很好。 | ④我每天看電視。 |

**單字**

어렵다 難

**文法與句型**

V-았 / 었으면 좋겠다【句型】表期盼。意思為「希望V」。
N-을 / 를 잘하다【句型】意思為「很會N」。

3.

> 韓國有很多的山。因此我喜歡登山。上個週末也去爬了一趟山。

| 答案 | 補充 |
|------|------|
| ④ | ①我每個週末都去爬山。　②我喜歡韓國的山。<br>③上個週末去爬山了。　④登山是我的興趣。 |

**單字**

**주말마다** 每個週末

**文法與句型**

V-는 것이 취미이다【句型】意思為「V就是興趣」。

4.

> 我們學校真的很漂亮。一到春天百花盛開非常美麗。因此春天時有許多的觀光客來訪。

| 答案 | 補充 |
|------|------|
| ③ | ①我們學校百花盛開。<br>②春天時總是百花盛開。<br>③我們學校因為美麗而出名。<br>④我們學校隨時都有很多的觀光客。 |

**單字**

**항상** 總是｜**아름답다** 美麗｜**유명하다** 有名｜**언제나** 總是；隨時

## Step 3 연습 練習

請閱讀下文，並回答問題。

**1.**

| 答案 | 補充 |
|:---:|:---|
| ④ | ①冰冷的　　　　　　　②雖然冰冷<br>③冰冷吧　　　　　　　④冰冷的或 |

**文法與句型**

V / A-지만… 【連結語尾】表轉折。意思為「雖然V / A，但是……」。
V / A-거나… 【連結語尾】表選擇。意思為「V / A或……」。

**2.**

| 答案 | 補充 |
|:---:|:---|
| ③ | ①在韓國冷麵最受歡迎。<br>②參雞湯是只有在夏天才吃的食物。<br>③韓國人在夏天也吃參雞湯。<br>④韓國人在夏天只吃熱食。 |

**單字**

가장 最｜인기 있다 受歡迎｜뜨거운 음식 很燙的食物

**文法與句型**

N（時間）-에만【句型】意思為「僅在N」。

3.

| 答案 | 補充 | |
|---|---|---|
| ② | ①去餐廳後 | ②做菜後 |
| | ③吃飯後 | ④用餐後 |

**單字**

요리를 하다 做菜 ｜ 식사를 하다 用餐


4.

| 答案 | 補充 | |
|---|---|---|
| ① | ①我姊姊很會煮菜。 | ②我今天吃了辣炒雞排。 |
| | ③我姊姊上電視。 | ④辣炒雞排不辣。 |

**單字**

음식을 잘 만들다 很會做菜 ｜ 텔레비전에 나오다 上電視節目

**文法與句型**

V / A-지 않다【句型】表意志、單純否定。意思為「不V／A；沒V／A」。


5.

| 答案 | 補充 | |
|---|---|---|
| ① | ①考之前 | ②做之前 |
| | ③整理之前 | ④需要之前 |

**單字**

정리하다 整理 ｜ 필요하다 需要

**文法與句型**

V-기 전에【句型】意思為「V之前」。

6.

| 答案 | 補充 |
|---|---|
| ③ | ①試題裡出現了許多單字和文法。<br>②我今天考完試了。<br>③我學習了不懂的單字。<br>④在圖書館裡好像有第一次見面的人。 |

**單字**

**나오다** 出來；出現 │ **시험을 보다** 應考；參加考試 │ **처음** 第一次

**文法與句型**

시험에 N -이 / 가 나오다【句型】意思為「考試裡出N（考題）」。

모르는 N【句型】意思為「不知道的N」。

V-는 것 같다【句型】表推測、判斷。意思為「好像V」。

請閱讀下文，並回答問題。

> 　　烏龜馬拉松大賽於15日上午7時在漢江市民公園（　　㉠　　）。此活動會有許多的藝人與市民一起在漢江市民公園邊行走6km，邊撿垃圾的活動。活動後贈送自行車、家電用品等禮物給100位參加的市民。希望各位市民踴躍參加。

1.

| 答案 | 補充 |
|---|---|
| ④ | ①行走　　　　　　　②成為<br>③產生　　　　　　　④舉行 |

2.

| 答案 | 補充 |
|---|---|
| ③ | ①烏龜參加的比賽。<br>②早上七點半開始。<br>③邊走邊撿垃圾的活動。<br>④贈送禮物給所有參賽者。 |

〈文章單字、文法與句型〉

**單字**

거북이 烏龜｜마라톤 馬拉松｜대회 比賽｜한강시민공원 漢江市民公園｜열리다 舉行；開幕｜행사 活動｜여러 許多；多數的｜연예인 藝人｜시민 市民｜쓰레기 垃圾｜줍다 撿｜참여 參與；參加｜참여하다 參加；參與｜분 位｜자전거 腳踏車｜가전제품 家電用品｜등 等｜선물 禮物｜드리다 給；贈送｜여러분 各位｜바라다 祈願；希望

**文法與句型**

V-(으)면서【連結語尾】表多項動作同時進行。意思為「V的同時；邊V邊V」。
V-기【接尾詞】將動詞名詞化。
V-게 되다【句型】表變化。意思為「變得V」。

〈選項單字、文法與句型〉

걷다 走；走路 | 되다 成 | 생기다 產生 | 열리다 開；舉行 | 참여하다 參與；參加 |
시작하다 開始 | 걷기 走路；走路運動 | 쓰레기 垃圾 | 줍다 撿 | 행사 活動 | 모두 大家 |
드리다 （敬語）奉上

N（某人）-에게【副詞格助詞】表動作對象。意思為「向N；給N」。

## Step 3 연습 練習

請閱讀下文，並回答問題。

1.

| 答案 | 補充 |
|:---:|:---|
| ④ | ①要結交　　　②因為結交<br>③因為想結交　　④結交這件事 |

**文法與句型**

V-(으)려고【連結語尾】表目的、意圖。意思為「為了V」。
V / A-아서 / 어서【連結語尾】表原因。意思為「因為V / A」。
V-고 싶어서【句型】表希望＋原因。意思為「因為想要V」。

2.

| 答案 | 補充 |
|:---:|:---|
| ③ | ①交外國朋友時的重要事情<br>②和外國朋友聊天時的重要事情<br>③增進外語口說能力的方法<br>④說外語時的重要事情 |

**單字**

중요하다 重要｜중요한 것 重要的東西；重要的事情｜실력 能力｜늘리다 增加；加強

**文法與句型**

V-(으)ㄹ 때【句型】意思為「V的時候」。

3.

| 答案 | 補充 | |
|---|---|---|
| ③ | ①等船之後 | ②渡船之後 |
| | ③下船之後 | ④在船上旅遊之後 |

**기다리다** 等 | **건너가다** 渡過；越過

文法與句型

V-(으)ㄴ 후에【句型】意思為「V之後」。

4.

| 答案 | 補充 | |
|---|---|---|
| ④ | ①在船內看得到的東西 | ②可以再度搭船的地方 |
| | ③可以搭郵輪之旅的日子 | ④可以在郵輪之旅做的事情 |

單字

**안** 裡面 | **크루즈 여행** 郵輪旅行

5.

| 答案 | 補充 | |
|---|---|---|
| ② | ①很會煮咖啡的 | ②有點噪音的 |
| | ③非常有用的 | ④沒有噪音的 |

單字

**커피를 만들다** 煮咖啡 | **소음** 噪音

6.

| 答案 | 補充 | |
|---|---|---|
| ① | ①有用的噪音 | ②專心的方法 |
| | ③最近的學生 | ④圖書館和咖啡館的差別 |

單字

**집중하다** 專心；專注 | **요즘** 最近 | **차이** 差別；差異

**請閱讀下文，並回答問題。**

> 可樂是任何人都喜歡的飲料。但是人們在打掃浴室時也會用到可樂。可樂在（　　　㉠　　　）汽車玻璃（　　　㉠　　　）也可以用。用可樂的話玻璃會變得更潔淨。像這樣我們可以用可樂來做許多的事情。

1.

| 答案 | 補充 | |
|------|------|------|
| ④ | ①擦拭後 | ②因為擦拭 |
| | ③雖然擦拭 | ④擦拭時 |

2.

| 答案 | 補充 | |
|------|------|------|
| ② | ①我喝可樂的理由 | ②可以用可樂做的事情 |
| | ③可樂的口味與味道 | ④喜歡可樂的人們 |

〈文章單字、文法與句型〉

**單字**

음료수 飲料 | 그런데 然而 | 욕실 浴室 | 청소하다 打掃 | 사용하다 使用 | 자동차 汽車 |
유리 玻璃 | 닦다 擦拭 | 쓰다 使用 | 더 更 | 깨끗하게 되다 變乾淨 | 이렇게 如此 |
다양하다 許多；多樣

**文法與句型**

누구나 V【句型】意思為「誰都V」。
V / A-기도 하다【句型】表承認也有某行為或狀態。意思為「也V / A；時而V / A」。
V-(으)ㄹ 수도 있다【句型】表能力、可能性。意思為「也可以V」。
N-(으)로【副詞格助詞】表手段、方法。意思為「以N；用N」。

〈選項單字、文法與句型〉

單字

이유 理由；原因 │ 맛 味道 │ 냄새 氣味

文法與句型

V-(으)ㄹ 때【句型】意思為「V的時候」。

## Step 3 연습 練習

請閱讀下文，並回答問題。

1.

| 答案 | 補充 |
|------|------|
| ① | ①因為有<br>②因為來了<br>③因為很好<br>④因為結交 |

**單字**

사귀다　結交；交往；認識

**文法與句型**

V / A-기 때문이다【句型】表原因。意思為「因V / A的緣故」。

2.

| 答案 | 補充 |
|------|------|
| ② | ①我們補習班只教韓語。<br>②我們補習班有來自各階層的人。<br>③人們大部分為了結交朋友才來我們補習班。<br>④我們補習班是只有大學生才來上課的地方。 |

**單字**

한국어만 가르치다　只教韓語 │ 다양한 사람들　各種人；各色各樣的人 │
대부분　大部分；大部分都 │ 대학생들만 다니다　只有大學生上

**文法與句型**

V-(으)려고【連結語尾】表目的或意圖。意思為「為了V」。

3.

| 答案 | 補充 | |
|------|------|------|
| ① | ①壞掉的 | ②帥氣的 |
| | ③貴的 | ④重的 |

**單字**

고장나다 故障；壞掉 | 멋있다 帥

4.

| 答案 | 補充 |
|------|------|
| ② | ①這家醫院賣玩具和玩偶。 |
| | ②有些醫生以前是老師。 |
| | ③醫生免費送玩具給小孩子。 |
| | ④大部分的小孩喜歡去醫院。 |

**單字**

인형 玩偶；人偶 | 이전에 以前

**文法與句型**

어떤 N【句型】意思為「某些N」。
N-을 / 를 선물하다【句型】意思為「將N贈送」。
V-기를 좋아하다【句型】意思為「喜歡V」。

5.

| 答案 | 補充 | |
|------|------|------|
| ② | ①如果親切 | ②因為親切 |
| | ③雖然親切 | ④為了親切 |

**文法與句型**

V / A-(으)면【連結語尾】表假定、條件。意思為「若V / A」。
V / A-아서 / 어서【連結語尾】表原因。意思為「因V / A」。
V / A-지만【連結語尾】表轉折。意思為「雖然V / A，但……」。
V-(으)러【連結語尾】表移動目的。意思為「為了V而（移動）」。

6.

| 答案 | 補充 |
|---|---|
| ① | ①韓語課結束後問老師。<br>②有不懂的就說明給老師聽。<br>③如果問老師就會有不懂的地方。<br>④我一年前問過老師。 |

**單字**

끝나다 結束 | 묻다 問 | 모르는 것 不知道的東西

**文法與句型**

V-고 나서【句型】意思為「V之後」。

N（某人）-에게 설명하다【句型】意思為「向N說明」。

N（某人）-에게 물어보다【句型】意思為「向N問」。

## Step 4 실전 문제 實戰

請閱讀下文，並回答問題。

> 上星期五和幾個朋友一起去戶外表演場。在家上網看過表演，但是直接到表演場去還是第一次。那裡真的有好多的人。我們邊看表演，一邊和歌手一起唱歌，也吃了好吃的東西。（　　㉠　　）比在網路上看的表演還要有意思。

1.

| 答案 | 補充 | |
|------|------|------|
| ② | ①在家上網 | ②到表演場看表演 |
| | ③在外面唱歌 | ④品嚐美食 |

2.

| 答案 | 補充 |
|------|------|
| ① | ①我上個星期第一次去戶外表演場。 |
| | ②那個表演場地不能唱歌。 |
| | ③來看表演的人不多。 |
| | ④看表演之前吃東西。 |

〈文章單字、文法與句型〉

**單字**

지난주 上週｜야외 戶外｜공연장 表演場地｜공연 表演｜직접 親自｜처음 第一次｜
노래를 부르다 唱歌

**文法與句型**

V-(으)ㄴ 적이 있다【句型】表經驗。意思為「曾經V過」。
N（地點）-에 가서 V【句型】意思為「去到N（做）V」。
N-보다【副詞格助詞】表比較對象。意思為「與N相比」。

〈選項單字、文法與句型〉

**單字**

**인터넷을 하다** 上網 ｜ **밖에서** 在外面；在戶外 ｜ **맛있는 음식** 好吃的食物 ｜
**처음 가 보다** 第一次去過 ｜ **많이 없다** 沒有很多

**文法與句型**

V-(으)면 안 되다【句型】表禁止。意思為「不可以 V」。
V-기 전에【句型】意思為「 V 之前」。

### Step 3　연습　練習

請閱讀下文，並回答問題。

1.

| 答案 | 補充 | |
|---|---|---|
| ④ | ①那麼 | ②但是 |
| | ③雖然如此 | ④因此 |

**單字**

그러면 那麼｜그런데 然而｜그렇지만 雖然如此｜그래서 所以

2.

| 答案 | 補充 |
|---|---|
| ① | ①麵條表示婚姻幸福長久的意思。 |
| | ②新郎和新娘必需做麵條。 |
| | ③吃麵的話頭髮會變白。 |
| | ④吃麵的話就可以準備結婚。 |

**單字**

만들다 製作｜머리가 하얘지다 頭髮變白｜결혼을 준비하다 準備結婚

**文法與句型**

N-을 / 를 의미하다【句型】意思為「意味著N」。

3.

| 答案 | 補充 | |
|---|---|---|
| ③ | ①所以 | ②而且 |
| | ③但是 | ④因此 |

그래서 所以 | 그리고 而且 | 그런데 但是 | 그러니까 因此

4.

| 答案 | 補充 |
|---|---|
| ① | ①我從今以後要經常去公園。 |
| | ②有很多看畫的人。 |
| | ③搬家之前經常去表演場。 |
| | ④以前因為人很多所以適合表演。 |

이제 現在起 | 이사를 가다 搬家；搬走 | 공연하기가 좋다 適合表演

V-기 좋다【句型】意思為「適合V；好V」。

5.

| 答案 | 補充 | |
|---|---|---|
| ④ | ①雖然如此 | ②所以 |
| | ③然而 | ④而且 |

그렇지만 雖然如此 | 그래서 所以 | 그러나 然而 | 그리고 而且

6.

| 答案 | 補充 |
|---|---|
| ③ | ①我買很多流行的帽子。<br>②天氣熱的話，我就不戴帽子。<br>③我有可愛的帽子。<br>④見朋友時我就脫掉帽子。 |

單字

유행하다 流行 | 가지고 있다 持有；擁有 | 벗다 脫

請閱讀下文，並回答問題。

> 我的朋友對我而言是個非常珍貴的人。那位朋友年紀比我小，但懂得很多。而且想法也很有深度，有許多值得學習的地方。以前我因為女朋友的問題而苦惱時，他不但給予金玉良言並極力相助。（ ⊙ ）總是一味接受那位朋友的幫忙，偶爾也會覺得不好意思。我也想在那位朋友有困難時給予幫助。

1.

| 答案 | 補充 | |
|------|------|------|
| ④ | ①因此 | ②所以 |
| | ③那麼 | ④雖然如此 |

2.

| 答案 | 補充 |
|------|------|
| ③ | ①我的年紀比朋友小。 |
| | ②我的女朋友煩惱時，我朋友極力幫過她。 |
| | ③我也想當我朋友的好朋友。 |
| | ④我幫了我朋友很多的忙。 |

〈文章單字、文法與句型〉

**單字**

소중하다 珍貴｜나이 年齡｜어리다 年幼｜아는 것 知道的東西；懂的事情｜
생각이 깊다 深思熟慮｜배울 점 值得學的東西｜고민을 하다 擔心；苦悶｜
좋은 말을 하다 說好話；說有幫助的話｜도와주다 幫助｜그렇지만 然而｜항상 總是｜
도움을 받다 得到幫助｜미안하다 感到歉意｜가끔 偶爾｜힘들다 辛苦｜도움을 주다 提供幫助

**文法與句型**

N（某人）-에게【副詞格助詞】表話題或判斷的中心對象。意思為「對N而言」。
V / A-지만【連結語尾】表轉折。意思為「雖然V / A，但……」。
N 때문에【句型】意思為「因N的緣故」。

〈選項單字、文法與句型〉

그래서 所以｜그러니까 因此｜그러면 那麼｜그렇지만 雖然如此｜나이가 어리다 年紀小｜
고민을 하다 煩惱；擔心｜좋은 친구가 되다 成為好朋友

N（某人）-에게 도움을 주다【句型】意思為「給予N幫助」。

Step 3 연습 練習

請選擇排序正確的選項。

（略）

Step 4 실전 문제 實戰

請選擇排序正確的選項。

> (가)而且還能見到一些知名的演員。
> (나)我的家鄉每到秋天都會舉辦電影節。
> (다)在電影節時可以看到許多國家的電影。
> (라)因此一到秋天就會有許多愛好電影的人們到訪。

1.

| 答案 |
| --- |
| ② |

〈文章單字、文法與句型〉

**單字**

축제 慶典活動 | 찾아오다 來訪；來到 | 유명하다 有名

**文法與句型**

N-마다【補助詞】意思為「每N」。
N（活動；場合）-이 / 가 열리다【句型】意思為「舉辦N」。
N（時間）-이 / 가 되다【句型】意思為「到了N（時間）」。
쉽게 V【句型】意思為「很容易V」。

(가)我從三個月前開始學吉他。

(나)因為還不習慣用手彈奏。

(다)但是現在即使是有點難度的歌曲也可以彈得很好了。

(라)剛開始學的時候彈奏起來非常困難。

2.

| 答案 |
|------|
| ① |

〈文章單字、文法與句型〉

單字

**기타** 吉他 ｜ **개월** 個月 ｜ **처음** 第一次；初次 ｜ **치다** 彈（樂器） ｜ **어렵다** 難 ｜ **연주하다** 演奏 ｜ **익숙하다** 熟悉 ｜ **하지만** 然而

文法與句型

V-고 있다【句型】表現在進行。意思為「正在V」。

손으로 V【句型】意思為「用手V」。

V-게 되다【句型】表變化。意思為「變得V」。

## Step 3 연습 練習

請閱讀下文，並回答問題。

1.

| 答案 |
| :---: |
| ④ |

2.

| 答案 | 補充 |
| :---: | :--- |
| ③ | 但是比起浪費錢，如小氣鬼般的節儉才是更好的習慣。<br>①我因為花很多錢而常常後悔。<br>②我花錢很節省，所以有時會後悔。<br>③我過著省吃儉用的生活。<br>④一些我身邊的人都很浪費錢。 |

單字

**돈을 낭비하다** 浪費錢 | **구두쇠처럼 아끼다** 像小氣鬼一樣節儉 | **좋은 습관** 好習慣 |
**자주 후회하다** 常常後悔 | **가끔 후회하다** 偶爾後悔 |
**돈을 아끼는 생활을 하다** 過著節省金錢的生活；生活節儉

3.

| 答案 |
| --- |
| ① |

4.

| 答案 | 補充 |
| --- | --- |
| ③ | 在家的話通常會看電影或是連續劇來打發時間。<br>①我朋友喜歡看電影和連續劇。<br>②我最近和朋友一起看連續劇。<br>③我和朋友在一起的時間非常快樂。<br>④我朋友週末時待在家裡居多。 |

**單字**

보는 것을 좋아하다 喜歡看 | 함께 있는 시간 在一起的時間；一起度過的時間 | 즐겁다 快樂 | 집에 있을 때가 많다 待在家裡的時候很多；常待在家裡

**文法與句型**

N-을 / 를 보면서 시간을 보내다【句型】意思為「看N而過時間」。

5.

| 答案 |
| --- |
| ③ |

6.

| 答案 | 補充 |
| --- | --- |
| ② | 並且定期看牙醫也很重要。<br>①如果牙齒不好，飯後一定要刷牙。<br>②一年最好大約看牙醫二次。<br>③飯後30分鐘至1小時刷牙。<br>④吃甜食有益牙齒健康。 |

**單字**

시간을 정하다 定時間 | 치과를 찾아가다 看牙醫 | 이가 나쁘다 牙齒不好；牙齒不健康 | 치과에 찾아가다 去看牙醫 | 단 것 甜的東西；甜食

請閱讀下文,並回答問題。

> 　　最近人們大部分都使用智慧型手機。( 　㋐　 )因為手機螢幕產生的光會傷害人的眼睛。( 　㋑　 )因此為了眼睛的健康,最好不要注視螢幕過久。( 　㋒　 )尤其不要在昏暗的地方使用太久。( 　㋓　 )保持眼睛健康最好的方法就是少用智慧型手機。

1.

| 答案 |
|------|
| ① |

2.

| 答案 | 補充 |
|------|------|
| ② | 智慧型手機雖然方便,但長久使用的話會有害眼睛健康。<br>①智慧型手機長久使用的話會不方便。<br>②智慧型手機長久使用的話有害眼睛的健康。<br>③想要保持健康的話,不能使用智慧型手機。<br>④使用智慧型手機時,必須長久注視畫面。 |

〈文章單字、文法與句型〉

**單字**

대부분 大部分 | 스마트폰 智慧型手機 | 사용하다 使用 | 편리하다 方便 | 오래 久 | 눈 건강 眼睛健康 | 화면 畫面 | 빛 光線 | 지키다 守護;保護 | 특히 尤其 | 어두운 곳 暗處 | 오랫동안 長時間

**文法與句型**

V / A-지만【連結語尾】表轉折。意思為「雖然V / A,但……」。
N-에 나쁘다【句型】意思為「對N不好;有害N」。
V-(으)려면【連結語尾】表假定某意願。意思為「要V的話」。
V-지 말아야 하다【句型】表禁止。意思為「不應該V;不可以V」。
적게 V【句型】意思為「少V」。

〈選項單字、文法與句型〉

**편리하지만** 雖然方便，但是 | **오래 사용하다** 長時間使用 | **불편하다** 不方便 |
**오래 보다** 長時間看 | **건강을 지키려면** 若要保護健康 | **오랫동안** 長時間

Step 3 연습 練習

請閱讀下文，並回答問題。

1.

| 答案 | 補充 | |
|---|---|---|
| ① | ①長時間曬太陽的話 | ②颳強風的話 |
| | ③濕氣很重的話 | ④天氣非常乾燥的話 |

단字

오래 久 | 햇빛을 오래 받다 長時間曬太陽 | 바람이 많이 불다 風颳得很大 |
습도가 높다 濕度很高 | 꽤 相當 | 건조하다 乾燥

2.

| 答案 | 補充 |
|---|---|
| ④ | ①如果春天到了，人們就在家消磨時間。 |
| | ②春天時，天氣並不怎麼好。 |
| | ③溫暖的陽光有益皮膚的保養。 |
| | ④春天時最好多喝水。 |

단字

봄이 되다 進入春天 | 시간을 보내다 過時間 | 별로 좋지 않다 不太好 | 피부 관리 肌膚管理

文法與句型

N-에 좋다【句型】意思為「對N很好」。
V-는 것이 좋다【句型】意思為「最好V」。

3.

| 答案 | 補充 |
|------|------|
| ④ | ①因為有急躁的一面　②如果有緊急的一面<br>③因為有不安的一面　④如果有好的一面 |

單字

**빠르다** 快｜**급하다** 急｜**불안하다** 不安

4.

| 答案 | 補充 |
|------|------|
| ① | ①我不喜歡自己急躁的個性。<br>②我總是煩悶不安。<br>③朋友們快速解決問題。<br>④因為個性的關係我經常發生問題。 |

單字

**급한 성격** 急躁的個性｜**불안하다** 不安｜**빨리** 快｜**문제가 생기다** 產生問題｜
**문제가 잘 생기다** 很容易產生問題

5.

| 答案 | 補充 |
|------|------|
| ① | ①因為度過　②如果度過<br>③雖然擁有　④想要擁有 |

單字

**보내다** 度過｜**가지다** 擁有

6.

| 答案 | 補充 |
|---|---|
| ④ | ①我昨天和同學們製作了美食。<br>②我去民俗村見同學們了。<br>③從民俗村回來後收到信件了。<br>④我們在民俗村製造了難忘的回憶。 |

單字

**음식을 만들다** 做菜｜**편지를 받다** 收信｜**추억을 만들다** 製造回憶；做難忘的事

文法與句型

잊지 못할 N【句型】意思為「難忘的N」。

請閱讀下文,並回答問題。

> 　　韓國人喜歡和別人一起用餐。但是最近在韓國獨自吃飯的人逐漸增多了。我以前常常和朋友們一起吃午餐。不過最近（　　㉠　　）一個人吃飯的時間變多了。一個人吃飯好像很孤單,但是能夠享受個人的時間又可以慢慢吃反而更好。因此最近我變得喜歡獨自用餐了。

1.

| 答案 | 補充 | |
|---|---|---|
| ② | ①想要變得很忙 | ②因為變得很忙 |
| | ③雖然變得很忙 | ④如果變得很忙 |

2.

| 答案 | 補充 |
|---|---|
| ④ | ①韓國人不會一個人吃飯。 |
| | ②我最近很忙,但還是和朋友們一起吃飯。 |
| | ③一個人吃飯的話很孤單。 |
| | ④一個人吃飯也有優點。 |

〈文章單字、文法與句型〉

**單字**

다른 사람 別人｜요즘 最近｜혼자 獨自｜많아지다 變多｜이전 以前｜항상 總是｜최근 最近｜바빠지다 變忙碌｜식사하다 用餐｜외롭다 寂寞｜자기 시간 自己的時間｜즐기다 享受｜또 又；而且｜천천히 慢慢地

**文法與句型**

V-는 것을 좋아하다【句型】意思為「喜歡V」。
V / A-게 되다【句型】表變化、預定。意思為「變得V / A；將會V / A」。

## 〈選項單字、文法與句型〉

### 單字

**바쁘지만** 雖然很忙，但是……│**좋은 점도 있다** 也有好處

### 文法與句型

V-(으)려고【連結語尾】表目的、意圖。意思為「為了V」。

V / A-아 / 어서【連結語尾】表原因。意思為「因為V / A」。

V / A-지만【連結語尾】表轉折。意思為「雖然V / A」。

V / A-(으)면【連結語尾】表假定、條件。意思為「若V / A」。

Step 3 연습　練習

請閱讀下文，並回答問題。

1.

| 答案 | 補充 |
|------|------|
| ① | ①為了要告知社團聚會的消息<br>②為了要收集社團聚會所需的書籍<br>③為了要招生社團團員<br>④為了要感謝來參加社團聚會的人 |

**單字**

**소식** 消息 | **알리다** 通知 | **필요하다** 需要 | **모으다** 蒐集；招募 | **모집하다** 募集；招募 |
**감사하다** 感謝

**文法與句型**

N（某人）-에게 감사하다【句型】意思為「向N表達謝意」。

2.

| 答案 | 補充 |
|------|------|
| ② | ①參加聚會前必須讀一本小說。<br>②該社團在這個週末舉辦第一次聚會。<br>③參加費用包含飲料費。<br>④該社團在校內辦聚會。 |

**單字**

**모임을 하다** 聚會 | **비용** 費用

3.

| 答案 | 補充 |
|------|------|
| ② | ①為了要展出攝影作品<br>②為了將攝影展的消息告知同好會員<br>③為了要和久違的各位會員見面<br>④為了要邀請知名的攝影家 |

單字

**알려주다** 通知 | **초대하다** 邀請；招待


4.

| 答案 | 補充 |
|------|------|
| ③ | ①該展覽在這週結束。<br>②該展覽只展出知名攝影家的作品。<br>③在這次展覽會上可以欣賞照片和聽演講。<br>④舉辦這次展覽的人是市民們。 |

單字

**끝나다** 結束 | **유명 N** 知名 N | **감상하다** 欣賞；觀賞 | **강연을 듣다** 聽演講 |
**전시회를 열다** 開展覽


5.

| 答案 | 補充 |
|------|------|
| ① | ①為了想邀請表演<br>②為了想策劃表演<br>③為了想確認是否出席表演<br>④為了想感謝參與表演 |

單字

**계획하다** 計劃 | **확인하다** 確認 | **감사하다** 表達謝意

6.

| 答案 | 補充 |
|------|------|
| ③ | ①表演將從四點四十分開始。<br>②外國學生將表演K-pop舞蹈。<br>③為外國學生所做的表演。<br>④表演之前大家將一起吃晚餐。 |

**單字**

**시작하다** 開始 | **댄스 공연** 舞蹈表演 | **모두 같이** 大家一起

請閱讀下文，並回答問題。

---

收件者：liming@hankuk.com; juni@hankuk.com: …

發件者：korea@hankuk.edu

主旨：韓國大學宿舍健身房使用須知

感謝加入我們健身房。

健身房一個月的使用費用是2萬元，請在每月5日前繳費。本健身房不提供毛巾，所以各位會員務必自備毛巾。

使用淋浴間和更衣室之後，敬請記得清理以方便其他會員使用。

健身房負責人　敬上

---

1.

| 答案 | 補充 |
|------|------|
| ③ | ①想要告知健身房的使用費用<br>②想要告知淋浴間和更衣室的使用規則<br>③想要告知健身房的使用規則<br>④想要祝賀加入健身房 |

2.

| 答案 | 補充 |
|------|------|
| ① | ①如要使用健身房就必須在每月5日前繳交費用。<br>②健身房提供毛巾。<br>③健身房的入會費是2萬元。<br>④健身房不能使用淋浴間和更衣室。 |

## 〈文章單字、文法與句型〉

**單字**

기숙사 宿舍｜헬스장 健身房｜이용 利用；使用｜안내 公告｜가입하다 加入｜이용비 使用費
｜내다 交付｜수건 毛巾｜제공하다 提供｜반드시 務必｜가져오다 帶來｜샤워장 洗澡間｜
탈의실 更衣室｜정리하다 整理｜잊다 忘記｜운영자 負責人｜드림 敬上

**文法與句型**

V-기 바라다【句型】表期望。意思為「祈願V」。
모든 N【句型】意思為「所有的N」。
다른 N【句型】意思為「別的N」。

## 〈選項單字、文法與句型〉

**單字**

알리다 通知｜규칙 規則｜사용 규칙 使用規則｜이용 규칙 使用規則｜가입 加入｜
가입을 축하하다 恭喜加入會員｜매월 每月｜수건을 주다 提供毛巾

**文法與句型**

V-(으)려면【連結語尾】表假定某意願。意思為「若要V」。

## Step 3 연습 練習

請閱讀下文，並回答問題。

1.

| 答案 | 補充 |
|---|---|
| ① | ①也學　　②也說　　③也聽　　④也教 |

【文法與句型】

V-기도 하다【句型】表承認也有某行為。意思為「也會V」。

2.

| 答案 | 補充 |
|---|---|
| ③ | ①現在學英語或日語的人變多了。<br>②學韓語的人比學英語或日語的人多。<br>③現在學習韓語有很多人是有興趣才學的。<br>④有很多英語補習班和日語補習班。 |

【單字】

이제　現在；如今 ｜ 많아지다　變多 ｜ 많다　多

【文法與句型】

N-이 / 가 취미인 사람【句型】意思為「將N當作興趣的人」。

3.

| 答案 | 補充 |
|---|---|
| ④ | ①應該可以做　　　　②雖然可以做<br>③擔心可以做　　　　④因為可以做 |

【文法與句型】

V / A-(으)ㄹ 텐데【句型】表憂慮及推測。意思為「可能會V / A；恐怕會V / A」。

V / A-(으)ㄹ까 봐【句型】表擔心的理由。意思為「因怕會V / A；因擔心會V / A」。

4.

| 答案 | 補充 |
|---|---|
| ① | ①一邊擬訂計劃，一邊思考今天要做的事。<br>②晚上睡覺之前寫下今天做過的事情。<br>③工作時記錄一些重要的事情。<br>④寫下明天該做的事然後整理。 |

**單字**

**할 일** 該做的事 | **한 일** 已做的事 | **중요한 일** 重要的事 | **메모하다** 寫筆記 | **정리하다** 整理

5.

| 答案 | 補充 | |
|---|---|---|
| ① | ①下雨的 | ②颱風的 |
| | ③天冷的 | ④天涼的 |

**單字**

**바람이 불다** 颱風

6.

| 答案 | 補充 |
|---|---|
| ① | ①韓國人通常在特殊的日子吃煎餅。<br>②海鮮煎餅或是泡菜煎餅只有外國人才喜歡吃。<br>③從前煎餅是只有特別的人才能吃得到的食物。<br>④因為很難買到油，所以在下雨天吃煎餅。 |

**單字**

**특별한 날** 特殊日子 | **특별한 사람** 特別的人

Step 4 실전 문제 實戰

請閱讀下文，並回答問題。

> 　　世界上有很多東西都可以用錢買得到。有錢的話生活可以過得舒適。但是也有許多事物是不用花錢也可以擁有的。就像是家人、朋友、健康、回憶、友情。其實對我而言非常珍貴的東西都是用錢（　㉠　）。如此看來雖然我錢不多，但似乎是一個大富翁。

1.

| 答案 | 補充 | |
|---|---|---|
| ③ | ①想買 | ②比較買 |
| | ③買不到 | ④如果買了就好 |

2.

| 答案 | 補充 |
|---|---|
| ② | ①世上萬物都可以用錢買得到。<br>②家人、朋友、健康對我而言是珍貴的。<br>③對我而言是珍貴的東西全部都要花錢。<br>④我因為沒有錢，所以是富翁。 |

〈文章單字、文法與句型〉

**單字**

세상 世界｜편하게 생활하다 生活得舒適｜돈을 내다 付錢；交錢｜가지게 되다 得手；擁有｜바로 就是｜추억 記憶｜우정 友情｜사실 其實，事實｜소중하다 珍貴｜모두 全部｜생각해 보다 想想看；思考｜큰 부자 大富翁

**文法與句型**

돈으로 V【句型】意思為「用錢V；花錢V」。
N 같은 것【句型】意思為「像N一樣的東西」。

〈選項單字、文法與句型〉

**모든 것** 所有的東西 │ **돈으로 사다** 花錢買 │ **나에게 소중하다** 對我而言很珍貴 │ **돈을 내다** 付錢

V / A-는 / (으)ㄴ 편이다【句型】意思為「偏向於V / A；比較V / A」。

N-이 / 가 아니다【句型】意思為「不是N」。

V / A-았 / 었으면 좋겠다【句型】表期盼。意思為「希望V / A」。

## Step 3 연습　練習

請閱讀下文，並回答問題。

1.

| 答案 | 補充 | |
|:---:|---|---|
| ④ | ①辛苦的 | ②困難的 |
| | ③無趣的 | ④受歡迎的 |

**單字**

**힘들다** 辛苦；累 │ **인기 있다** 有人氣；受歡迎

2.

| 答案 | 補充 | |
|:---:|---|---|
| ② | ①因為是很好的運動 | ②雖然是很好的運動但是 |
| | ③因為是很好的運動 | ④因為是很好的運動 |

**文法與句型**

N-이어서 / 여서【連結語尾】表原因。意思為「因為是N」。
N-(이)지만【連結語尾】表轉折。意思為「雖然N，但……」。
N-(이)기 때문에【句型】表原因。意思為「因為是N的緣故」。
N-(이)니까【連結語尾】表理由。意思為「由於是N，而……」。

3.

| 答案 | 補充 | |
|:---:|---|---|
| ④ | ①做運動 | ②吃東西 |
| | ③減肥 | ④發胖 |

**單字**

**살이 빠지다** 變瘦 │ **살이 찌다** 發胖

4.

| 答案 | 補充 |
|------|------|
| ③ | ①想變苗條的話，應該經常多吃。<br>②想變苗條的話，只要飲食節制即可。<br>③想變苗條的話，最好規律地做運動。<br>④想變苗條的話，應該和身邊的人一起做運動。 |

單字

**날씬해지다** 變苗條 | **적당히** 適當地 | **규칙적으로** 規律地 | **주변 사람** 身邊的人；周遭的人

文法與句型

V-(으)려면【連結語尾】表假定某意願。意思為「若要V」。

5.

| 答案 | 補充 | |
|------|------|------|
| ④ | ①讓生活方便 | ②讓外觀美化 |
| | ③以拓寬面積 | ④好讓風吹進來 |

單字

**편리하다** 方便 | **예쁘다** 漂亮 | **크기** 大小 | **넓다** 寬廣 | **크기가 넓다** （體積）很大 | **바람이 들어오다** 風吹進來

6.

| 答案 | 補充 |
|------|------|
| ① | ①在北部地區的韓屋可以溫暖地過冬。<br>②在北部地區冬天吹暖風。<br>③南部地區的夏天很涼爽。<br>④在北部和南部蓋了許多和中部地區一樣的「ㄱ」字型房子。 |

單字

**겨울을 보내다** 度過冬天 | **따뜻한 바람이 불다** 吹暖風

文法與句型

N-처럼【副詞格助詞】表類似或相同。意思為「像N一樣」。

請閱讀下文，並回答問題。

> 　　身體疲倦時整天光是躺在床上並不好。因為如果一直躺著，累積在體內的疲勞不會（　　㉠　　）。放假的時候在家充分休息固然不錯，但有時候應該將這陣子變得沉重的身體稍微地放鬆。在家裡做簡單的運動或是在附近（　㉡　　）散步。

1.

| 答案 | 補充 |
|---|---|
| ② | ①產生　②消除　③發生　④累積 |

2.

| 答案 | 補充 |
|---|---|
| ① | ①最好來回　②不能來回　③決定來回　④可以不用來回 |

〈文章單字、文法與句型〉

**單字**

하루 종일 一整天｜누워 있다 躺著｜침대에만 누워 있다 只有躺在床上｜몸 안 體內｜
쌓이다 累積｜쌓인 피로 累積的疲勞｜피로가 풀리다 紓解疲勞｜쉬는 날 休息日｜
충분히 充分地｜휴식을 취하다 休息｜그동안 這段期間｜무거워지다 變重｜
조금씩 每次一點點｜풀다 紓解；解開｜몸을 풀다 暖身｜가벼운 운동 輕輕的運動｜
가까운 곳 近處｜산책을 갔다 오다 去散步一趟

**文法與句型**

V-기만 하다【句型】表只做某行為。意思為「只有V」。
V / A-거나【連結語尾】表選擇。意思為「V / A或」。

## 〈選項單字、文法與句型〉

생기다 產生 | 풀리다 被解開；被消除 | 나다 出；發生 | 쌓이다 累積

V-는 것이 좋다【句型】意思為「最好V；V為好」。

V-(으)면 안 되다【句型】表禁止。意思為「不可以V」。

V-기로 하다【句型】表決定或約定。意思為「決定要V；約定要V」。

V-지 않아도 되다【句型】表許可。意思為「不必V」。

## Step 3 연습　練習

請閱讀下文，並回答問題。

1.

| 答案 | 補充 | |
|---|---|---|
| ③ | ①自從買了之後 | ②自從去了之後 |
| | ③自從聽了之後 | ④自從看了之後 |

**文法與句型**

V-(으)ㄴ 후부터【句型】意思為「自從V以來」。

2.

| 答案 | 補充 |
|---|---|
| ③ | ①我的健康不佳。 |
| | ②我現在仍在減肥。 |
| | ③我看的演講是在說心靈的健康。 |
| | ④我因為肥胖所以不幸福。 |

**單字**

다이어트를 하다　控制飲食 | 행복하다　幸福

**文法與句型**

N-을 / 를 얘기하다【句型】意思為「談論N」。

3.

| 答案 | 補充 |
|---|---|
| ③ | ①表演之後　　　　②因為想表演<br>③表演的時候　　　　④因為會表演 |

4.

| 答案 | 補充 |
|---|---|
| ③ | ①可以學到在演唱會上歌唱的方法。<br>②應該一邊唱一邊拍手。<br>③經過特別的準備之後再去演唱會。<br>④我聽了歌曲之後心情很好。 |

5.

| 答案 | 補充 |
|---|---|
| ② | ①因為有益於　　　　②消除<br>③雖然有　　　　　　④想要治療的話 |

6.

| 答案 | 補充 |
|------|------|
| ① | ①草綠色有穩定心理狀態的效果。<br>②草綠色是壓力與不安的色彩。<br>③在醫院治療時一定要用草綠色。<br>④學校的黑板只有草綠色的。 |

單字

**심리 상태** 心理狀態 | **편하게 하다** 放鬆 | **불안** 不安 | **꼭** 務必

文法與句型

N-밖에 없다【句型】意思為「除了N之外都沒有；只有N」。

**請閱讀下文，並回答問題。**

> 　　我在動物保護中心工作。一個月前在我工作的動物保護中心新來了一隻嬌小又可愛的小狗。我為那隻小狗取名為「蔻蔻」。「蔻蔻」很聽話又溫順，這陣子產生了深厚的感情。可是今天「蔻蔻」遇到了好主人要離開我們保護中心。我和「蔻蔻」分離非常（　　　㉠　　　）希望「蔻蔻」在新的家庭過得快樂。

1.

| 答案 | 補充 |
|---|---|
| ③ | ①幸福，但是　　　　　②快樂，但是<br>③不捨，但是　　　　　④有了感情，但是 |

2.

| 答案 | 補充 |
|---|---|
| ③ | ①動物保護中心只有小狗才能進來。<br>②來動物保護中心的小狗通常是嬌小又可愛。<br>③我希望蔻蔻日後過得幸福。<br>④在動物保護中心醫治小狗是很辛苦的。 |

〈文章單字、文法表現與句型〉

**單字**

동물 動物 ｜ 보호센터 保護中心；收容所 ｜ 강아지 小狗 ｜ 이름을 짓다 取名 ｜ 말을 듣다 聽話 ｜ 착하다 乖巧 ｜ 그동안 這段期間 ｜ 정이 들다 產生感情 ｜ 주인 主人 ｜ 떠나다 離開 ｜ 헤어지다 分開 ｜ 섭섭하다 捨不得 ｜ 새집 新家；新的家庭

**文法與句型**

새로 V【句型】意思為「全新V」。
N-(이)라는 이름을 짓다【句型】意思為「取名為N」。
즐겁게 V【句型】意思為「V得愉快；愉快地V」。

〈選項單字、文法與句型〉

들어오다 進來 | 앞으로 以後

V／A-지만【連結語尾】表轉折。意思為「雖然V／A，但……」。

V-는 것이 힘들다【句型】意思為「V起來很難；很難V」。

國家圖書館出版品預行編目資料

TOPIK I 新韓檢初級閱讀必學16大題型 /
崔峼頴、高俊江、朴權熙、柳多靜著
-- 初版 -- 臺北市：瑞蘭國際，2018.08
272面；19×26公分 --（外語學習系列；45）
ISBN：978-986-94344-9-2（平裝）
1.韓語 2.能力測驗

803.289                                106004496

**外語學習系列 45**

# TOPIK I 新韓檢初級閱讀必學 16 大題型

作者｜崔峼頴、高俊江、朴權熙、柳多靜
責任編輯｜潘治婷、王愿琦
校對｜崔峼頴、高俊江、朴權熙、柳多靜、潘治婷、王愿琦

封面設計｜劉麗雪 ・ 版型設計、內文排版｜陳如琪

董事長｜張暖彗 ・ 社長兼總編輯｜王愿琦
**編輯部**
副總編輯｜葉仲芸 ・ 副主編｜潘治婷 ・ 文字編輯｜林珊玉、鄧元婷
特約文字編輯｜楊嘉怡
設計部主任｜余佳憓 ・ 美術編輯｜陳如琪
**業務部**
副理｜楊米琪 ・ 組長｜林湲洵 ・ 專員｜張毓庭

法律顧問｜海灣國際法律事務所　呂錦峯律師

出版社｜瑞蘭國際有限公司 ・ 地址｜台北市大安區安和路一段 104 號 7 樓之一
電話｜(02)2700-4625 ・ 傳真｜(02)2700-4622 ・ 訂購專線｜(02)2700-4625
劃撥帳號｜19914152 瑞蘭國際有限公司
瑞蘭國際網路書城｜www.genki-japan.com.tw

總經銷｜聯合發行股份有限公司 ・ 電話｜(02)2917-8022、2917-8042
傳真｜(02)2915-6275、2915-7212 ・ 印刷｜皇城廣告印刷事業股份有限公司
出版日期｜2018 年 08 月初版 1 刷 ・ 定價｜380 元 ・ ISBN｜978-986-94344-9-2